家族にサヨナラ。皆様ゴキゲンヨウ。

アル
ソフィアの幼馴染の花屋さん。
剣術が得意で、
密かに彼女に剣を
教えていた。
ソフィア
何事にも控えめな伯爵令嬢。
家族第一に生きていたが、
前世を思い出したことで、
自分が蔑ろにされている
ことに気づき……!?
Characters
登場人物紹介

アメリ
ソフィアの妹。
家族中に愛されている
末っ子。
ルチータ
ソフィアの国の
王子。
ジェイコブ
ソフィアの兄。
剣の腕を誇って
いた。
オスカー
ソフィアの元婚約者。
アデライトに
心変わりしてしまう。
アデライト
ソフィアの姉。
外面はいいが、
我儘で高慢な性格を
している。

目次

家族にサヨナラ。皆様ゴキゲンヨウ。

プロローグ

ある夜。

私は高熱を出してうなされていた。メイドが一人だけ様子を見に来てくれたが、家族は誰一人お見舞いに来ない。

私の家――マカロン家は伯爵で、裕福な家柄。剣の腕が昔から評判だ。

兄である長男のジェイコブは、銀髪の爽《さわ》やかな青年であり一族で一番剣の腕が立つせいかモテる。

長女のアデライトは病弱だが、その美貌《びぼう》は国一番と言われるほど。体調が良い時にしか社交界に出ないにもかかわらず、花の女神と呼ばれている。

そして、妹で三女のアメリ。彼女は末っ子で甘えん坊、可愛らしい笑顔と人懐こさでみんなを虜《とりこ》にする我が家の天使ちゃんとして可愛がられている。

「――ハァ……ハァ……みずぅ……」

一方、今、誰にも見舞われず一人で風邪と闘っているのが、次女のソフィア……私だ。

寝ているのは殺風景な自分の部屋。

多分、他人が見たら貴族の娘とは思えないと驚くだろう質素な内装だが、ずっと姉の看病と妹の世話という家事を一手に任されていて暇がない私には、友達がいないので、誰も気づかない。

いいえ、友達は一人だけいるわ……。一人だけ。

朦朧《もうろう》とした頭でそう考えた瞬間——何故《なぜ》か私は、前世の記憶を思い出してしまった⁉

「ふあああ⁉　コンビニの新作スイーツ食べ損ねた‼」

それをきっかけに、次から次へと色々な記憶が蘇《よみがえ》る……

コンビニの新作スイーツ、いや違う違う。

そう、前世の私は自由で、家族に恵まれて楽しく……笑って生活していたんだ！

「……なんだか、今の私って……中身が空っぽな人間だな」

私はフラフラとベッドから起き上がる。ずっと閉めっぱなしだった窓を開けて、夜空を見つめて決心した。

もう臆病な自分にサヨナラよ！

私は自分のために生きるわ‼

……とりあえず、水を飲んで寝ようっ、と。あー、コンビニとか欲しい。


その後、しばらくしてもう一度眠りにつく。

「……ん」

不意に、私のおでこにヒンヤリと冷たいタオルの感覚がした。

ボーッとしていて、タオルを当ててくれた人の顔が分からない。でも優しい人だと思う。花の香りがするもの。

誰かしら……家族の……誰かかしら……？


三日後——

そこには何の変わりもない家族たちの朝の風景があった。

風邪をひいていた私を一切気にしていない家族！

ここまでくると、清々《すがすが》しくて笑えるわ。

「ジェイコブ、また騎士団の騎士たちに負けない腕だと褒められたようだな。私は鼻が高いよ」

白髪《しらが》交じりの銀髪の中年——マカロン家当主であるジェイソン、つまり父が彼と同じ銀髪でサラサラ髪の青年ジェイコブを褒める。

毎朝同じ内容の会話をして、よく飽きないわね？

「そんなことないよ。まだまだ僕はひよっこさ」

「ジェイコブ！　そんな謙遜《けんそん》しなくてもいいのよ？　ふふ、私は母親として鼻が高いわ。この前のお茶会でも、みんなジェイコブの婚約者に年頃の娘を紹介したいと言ってきたのよ」

お母様、その話、三十五回目よ？

でも、誰も突っ込まない。

だって、ここから話が盛り上がるんだものね。

「僕に婚約者？　んー、でもさ、我が家の、いや、国一番の美女——花の女神であるアデライトに勝てる子、いる？　僕のお嫁さんはアデライト以上じゃないと」

ジェイコブ兄様は、ふるゆわな銀髪で儚《はかな》げな美少女、アデライト姉様を褒めちぎる。

姉様は頬を赤らめて照れた。その顔もまた可愛らしい。

「ふふ、恥ずかしいわ。ジェイコブお兄様ったら」

「ジェイコブ兄様ー！　私はー？　私は可愛くないのー!?」

「アメリ、何を言っている？　お前は我が家の天使ちゃんだ。可愛いに決まってるだろ」

「ジェイコブ兄様の言う通りよ。アメリは我が家の天使ちゃんだわ。ふふ」

「へへへへー！　だよねー？　あ、ソフィア姉様！　私ね、人参《にんじん》嫌いだから、たーべーてー！」

銀髪ツインテールの七歳、末っ子のアメリが彼女が嫌いな人参《にんじん》を私の皿に載せてきた。

今更だけど……マナーとしてどうなの？　みんな、何故《なぜ》注意しないのかしら？　そうツッコミたくなる。

私は深いため息を吐《つ》いて妹のアメリを見た。

彼女はニッコリとただ微笑《ほほえ》んでいる。

……少し前までは、妹だから、可愛い妹だから、と自分に言い聞かせ、彼女に押し付けられたものを食べてあげていたけど……

「は？　嫌よ。好き嫌いは良くないわ。食べなさい」

「ふえ!?」

そう私が言った瞬間、食卓が冷たい空気になった。

アメリは初めて私が拒否したことにビックリして泣きそうになっている。目の前にいる父と母は目を見開いていた。

「ソフィア？　貴女《あなた》は姉なのだから妹のために――」

注意する母を無視して、私は隣に座るアデライト姉様のお皿に人参《にんじん》を載せる。

「…え⁉　え、え、……ソフィア？　あの……何故《なぜ》、私に？」

「お母様が姉なのだからと言っているので。長女であるアデライト姉様が食べるべきでしょう？」

ニッコリ笑って答えると、アデライト姉様は固まった。向かい側の席のジェイコブ兄様がテーブルを叩《たた》いて立ち上がる。

「ソフィア！　悪い冗談はやめろ！　アデライトも人参《にんじん》が苦手なんだぞ⁉　アデライトが病弱なのはお前も知っているだろう？　苦手な物を食べさせては身体に悪い！」

んなわけねーよ。

筋肉アホな兄の頭を殴りたいのをグッと堪《こら》えていると、お父様が首を傾《かし》げながら話す。

「……お前には昔から言っているが、兄のジェイコブは次期当主であるから敬《うやま》え、姉のアデライトは病弱だからお前が看病してくれ。妹のアメリは末っ子なので姉であるお前が面倒をだな――とにかく、その反抗的な態度はよくないな」

長々と語ったお父様は、私が悪いのだと言いきってスッキリした顔になる。

みんながお父様に同意を示した。それがなんだか気持ち悪い。

「……あの、お父様」

「なんだ、謝るべきだと気づいたか？　しょうがない奴だ」

「その『お前』呼ばわり、やめていただけませんか？　私には名前があるのを忘れてしまったのでしょうか？」

大袈裟《おおげさ》にため息を吐《つ》いて軽く馬鹿にした表情をすると、お父様は真っ赤な顔でプルプルと震え出した。お母様はオロオロと困っている様子だ。

ジェイコブ兄様とアデライト姉様は、私の態度にビックリしたのか固まっていた。

鼻水を出しながらヒクヒクと泣いているアメリを無視して、私は立ち上がる。

「ま、待ちなさい！　まだお前に話が――！」

「はい、ご馳走様《ちそうさま》でしたー」

そう返事をして、振り向きもせず食堂から出ていく。

家族だけではなく、屋敷の使用人たちもビックリした様子で私を見つめていた。

私はもう前の私じゃないぞ！

第一章

「やぁソフィア。……風邪が治ったばかりのところ申し訳ないのだが……、君に話したいことがあるんだ」

「あら、オスカー様」

屋敷中に衝撃を与えたらしい朝食後。オレンジ色の髪と綺麗な黄色の垂れ目が優しそうな雰囲気のオスカー・フォルフが、私を訪ねてきた。

彼はフォルフ公爵家の息子で、私の婚約者。幼なじみでもあり、二つ年上のとても優しいお兄ちゃんなので、私の初恋相手だ。

……うん、それにしても何故《なぜ》、オスカー様の隣にアデライト姉様がいるのかしら？　まあ、察したけれどね。

二人は器用にも甘い空気感と一緒に、申し訳なさそうな雰囲気を出している。

「……すまない、僕はアデライトを愛してしまった。君との婚約はなかったことにしてほしい」

「オスカー様！　大丈夫ですわ。ね？　ソフィア、私たちのこと許してくれるわよね？」

いきなり堂々と裏切りを宣言する婚約者と、それが当たり前だという態度の姉。二人とも、頭は大丈夫かしら……

記憶を辿《たど》ると、オスカー様の婚約者候補は元々アデライト姉様だった。けれど、フォルフ公爵家が病弱な姉を嫌がり、健康的な私を選んだのだ。

まあ、より後継ぎを産めそうな娘が良いという、その判断は理解できる。

そんな家の都合はどうしたのだろうか？　二人はまだ私が許していないことも気にせず、ラブラブ状態だ。

いや、今、私、婚約者に浮気しましたと言われたよね？

結局、私の意思を確認することはなく、オスカー様は帰ることになる。

家族みんなで玄関先まで彼を見送った。

家族は私の気持ちなど気にならないようで、二人を叱《しか》るどころか祝福の言葉をかける。

不意に母が私の肩にそっと手を添えた。

「おめでたいことだわ。婚約者は病弱なアデライトにお譲りなさい。あの子が可哀想だもの、仕方ないことでしょう」

そう言う。

だーれも私に慰《なぐさ》めの言葉一つかけない。

そうかそうか、本当に呆《あき》れてしまう。

父はアハハと笑いながらオスカー様に話し掛けた。

「ハッハ！　やはりオスカー君も我が娘のアデライトの虜《とりこ》だな！　なあに、フォルフ公爵もこのことに賛成してくださるだろう！　心配することはない！」

「あ、ありがとうございます！　僕の母は特に厳しい人なので心配だったのですが、そう言われると心強いです」

いや、自分の親に何も言っていないんかい！

ツッコミどころ満載……私は彼のどこが好きだったんだろうか。

彼は優しいけど、それだけだ。よく考えると、何かしてくれたことは当然、私を気にかけてくれたことすらなかった。

そして何より優柔不断。

深いため息を吐《つ》いている私の背中を、隣にいたジェイコブお兄様が押す。

「ほら、ソフィアも二人に祝福の言葉を贈るんだよ。常識がないのか？」

「……え⁉　お兄様は自分が常識ある人間だと思っているのですか？」

「な、なんだと⁉」

私が反論すると、周りにいるみんなは固まった。

オスカー様は私を見て、口をポカンと開けている。

私は隣でキャンキャン吠えている馬鹿兄を無視して、彼に近づいた。

「オスカー様」

「え、あ、うん。なんだい？」

「歯を食いしばってくださいな」

「……え？」

ぐっと拳《こぶし》を強く握りしめて、ストレートパンチを喰らわせる。

「キャア！」と屋敷中に悲鳴が響いた。

コロンとオスカー様の前歯が欠ける。

アデライト姉様が涙を流しながら彼を庇《かば》った。

「ソ、ソフィア⁉　貴女《あなた》、こんなこと、レディがすることじゃないわ？　一体どうしたの⁉」

「いや、婚約者が姉と浮気しただけじゃなく、あまつさえそれを祝福しなきゃならない状況なんて、意味が分かりません。そちらのほうが非常識です。ムカついたから一発殴りたかった、それだけですよ。はい、次はアデライト姉さ――」

「キャアア！」

「だ、誰かソフィアを止めろ！　ジェイコブ！」

「うあああん！　ソフィア姉様が頭おかしくなっちゃったあああ！」

混乱する屋敷内。

私は一度、使用人に取り押さえられたが、キッと睨《にら》むと彼らの手は離れた。再びハアとため息を吐《つ》いて、歯が欠けた状態の間抜けなオスカー様にニッコリと微笑《ほほえ》みかける。

「さよなら、間抜けな元婚約者様」

そう告げて、その場から立ち去った。

両親に決められた婚約者ではあったけど、それなりに仲良くしていたのだ。十分、ショックを受けているし、悲しい。

見せかけの優しさを持つ彼に惹《ひ》かれていただけかもしれないけれど……

さよなら、初恋よ!!

◇　◇　◇

私には五歳の頃から頻繁《ひんぱん》に通っている花屋がある。

家族に蔑《ないがし》ろにされていても、「いつか、みんなが私を見てくれるんだ」と信じて、その花屋に通っては自分で選んだ花を食卓のテーブルに飾っていたのだ。

だけど、今日まで誰も花の存在に気づかなかった。あるのが当たり前になっているようだ。

幼い私は家族に褒めてもらいたくて、季節の花をキチンと選んでいたのだけど……我ながらよくやっていたわね！

唯一、私の味方だったメイドがいて、最初の一、二回はその人と一緒に花屋へ行っていた。でも、彼女は婚約者が決まったのと同時期に辞めてしまった。

仕方なく一人で通い始めてすぐに、私は彼の存在に気づく。

「なあ、アンタ、いつも花を買っていくけど、花が好きなの？」

そう声を掛けられて後ろを振り向くと、沢山《たくさん》の薔薇《ばら》を抱えた少年がいた。

ぶっきらぼうな態度の彼は、黒髪で紫色の瞳だ。

名前はアル。

唯一、私を気にかけてくれる人物だ。

花屋で働いているのだから、平民なのだろう。それ以外は、彼のことは何も知らない。彼が教えてくれないのだ。

けれど花が好きなのは確か。

最初は苦手なタイプだと感じていたものの、しょっちゅう会って話すうちに、私は彼と仲良くなった。

「――俺さ、思うんだけど。ソフィアは剣の腕がいいと思う」

「え？　剣の？　何故《なぜ》そう思うの？　ふふ、アルって不思議なことを言うのね」

「なんとなく、運動神経が良さげだし。剣、習ってみない？　俺、教えられるんだ」

「んー？　平民の貴方に剣術が分かるの？」

「俺、なんでも屋みたいなものだから」

「アルって不思議君なのね」

ある日、突然、アルに誘われた私は、最初は女性が、とためらったものの、「家族が喜んでくれるかも！」という単純な理由で、密《ひそ》かに彼に剣術を習うことにする。

兄のジェイコブがよく剣の腕を褒められていたので、「自分も」と考えたのだ。

あれから十年程度の時間が経ち、家族との決別を決意した今日も、私はアルに剣術を教えてもらっていた。

「カキン！」と剣の刃の音が辺りに鳴り響く。

剣を振りながら事《こと》の顛末《てんまつ》を私が語ると、アルは笑った。

「ははっ！　ようやくあの馬鹿家族に言いたいことを言えたんだ？　遅いよ。ほら、タオル」

「む、笑わないでちょうだい。風邪が治ったばかりの友人に掛ける言葉かしら？」

アルは使っていた剣を片づけつつ私の顔をジッと見つめて首を傾《かし》げる。

「髪型、変えた？」

「変えてないわよ」

アルは私の全身をじっくり見て、また質問をする。

「なんか……んー、変わった？　雰囲気？　いや、なんというか、以前と少し変わったような。前は自分に自信がない感じだったし、あの家族に反抗するなんてなかったから。色々と吹っ切れたのかな？」

なかなか鋭いと、私は感心した。

前世を思い出してから、確かに私は気が強くなった。けれどそれは、前世を思い出して自分の置かれている状況を客観的に見られたから。人格そのものが変わったわけじゃない。

私は私のままだ。

「クスッ……新しい私はお気に召さないかしら？　お師匠様」

「その呼び方はやめろよ。もう一回、練習をする？　もうほとんど教えることはないレベルだけど」

「あら、怠《なま》けては駄目よ。腕が鈍《なま》るわ。だから、もう一回稽古《けいこ》を見てもらえる？　その後で、薔薇《ばら》の花束をお願いしようかしら」

花の注文に、アルは軽く嫌そうな顔をした。

「……またあの家族にか？」

「まさか、私自身のためにも、よ。部屋が殺風景だから薔薇《ばら》でも飾ろうと思って」

剣の練習後。

私たちはお店に戻った。

お店のおじさんはとても腰が低い方で、何故《なぜ》か自分の息子のアルにもたまに敬語を使う。

「……アッ！　アルフ……いやアルー！　店を手伝ってくださいませ、このやろー」

「ハイハイ」

アルはいつも通りぶっきらぼうに薔薇《ばら》の花束を作り、私に渡した。

顔は良いのだから笑顔の一つでも見せれば、モテるのになあ。

アルがぽんぽんと私の頭を撫《な》でてくれる。

「……アル？」

「ま、なんかまた嫌なことがあったら、ここに来い。話くらいは聞いてやる」

少し意地悪な顔で笑う彼に、周りにいた女性客が頬を赤らめた。

私のたった一人の友人は、ぶっきらぼうで不思議な青年だけど、とても良い人だわ。

私は作ってもらった花束を持ってお店の出口まで歩く。

やっぱり……うん、友人は有り難い存在だな！

「アル！　ありがとうね！」

「……っ……ばーか。早く帰れ」

私たちは笑い合って、別れる。

家に戻って早速、私は薔薇《ばら》を花瓶に入れて自分の部屋に飾った。

うん、華やかな部屋になった気がする！

今日はとてもいい汗をかいたし、気分が良いわね！

◇◇◇

次の日の朝食。

「――ねえ、今日も私が一番美しいかしら？」

「もちろんですとも！　アデライト様は国一番、いえ！　世界中の誰よりもお美しいですよ！」

「ふふふ、もう。褒めすぎよ」

メイドに可愛らしい花型の髪飾りをつけてもらったアデライト姉様を、私はじっと見つめた。

体調が良いせいなのか、機嫌も良さそうだ。

そこで今更なことに気がつく。

……アデライト姉様は病弱、病弱と言われているけど……病名は何??

だって、お茶会や買い物など、遊びには行っているのだ。小さい頃にしょっちゅう風邪をひいていたくらいで、特に目立った症状が出ているのを見たこともない。

それに――

「お待たせ、みんな、おはよう。……ふぅ、でも私、朝早く起きるのはやっぱり苦手だわ」

髪を整え終えたメイドが下がっていく。

「アデライト、無理することない。まだ寝ててもいいんだ」

「ジェイコブお兄様ありがとう。目の下にクマもできてて……」

「まあ！　なら、寝ないと！　朝食は部屋へ運ばせるわ！」

「アデライト、ゆっくりしてなさい」

「お母様、お父様、ありがとう！」

……いや、姉様、夜更かしして遊んでるわよね??

本を夜遅い時間に読むことでストレス発散をしているうちに、私は知ったのだ。アデライト姉様が夜にコソコソと出かけては遊んでいることを。

どこが病弱!?

ハアとため息を吐《つ》きながらハムエッグを食べる私に、アデライト姉様が声を掛ける。

「ねえ、ソフィア。怒らないで聞いて？　来週、私たちの婚約祝いを兼ねて、友人を呼んでお茶会を開くの。オスカー様のご友人である王子様も呼ぶのだけど、やっぱり華やかな雰囲気がいいと思うのよ」

「……？　そうですか。私には関係のない話なので、これにて失礼します」

食事を終えた私が席を立つと、彼女はキョトンと可愛らしい表情で首を傾《かし》げる。

「関係ない？　お茶会は主催者の令嬢が自分で準備をするのに……」

「……そうですね。この国のお茶会は『主催者』が準備をするんですよね」

「……⁇　だから、いつもソフィアが準備してくれてるわよね。この前のパーティーはとても素晴らしいと、みんなが褒めてくれたわ」

そうね、私が準備したんですけどね⁉

「……アデライト姉様……」

「なあに？　ソフィア。あっ、私、白い薔薇《ばら》の飾り付けをお願いしたいわ！　ね、素敵でしょ？」

私は再び大きなため息を吐《つ》き、アデライト姉様を睨《にら》む。

「アデライト姉様は馬鹿なのかしら。自分のことは自分でしなさいよ。なんで私が貴女《あなた》のお茶会の準備をしなきゃならないのか、説明してほしいわ」

そう言い放つと、周りにいた家族が私に大ブーイングをした。アデライト姉様は無表情で静かに私を見つめる。

……なんとなく女の勘だけど、アデライト姉様は蛇《へび》のように陰険な人なのかも。

「……ソフィア……私は姉よ」

「戸籍上は、そうですね」

「ふふ、やだわ。ソフィア、オスカー様のこと、まだ根に持ってるの？　あぁ、可哀想なことをしちゃったわ」

最後にぐすんと涙を流すアデライト姉様……だけど、それ、嘘泣きよね？

「……面倒くさ」

悲劇のヒロインを演じるアデライト姉様は、大女優だ。

私は彼女の名演技を無視して、部屋を出た。

あれからお父様たちは何度も何度も、お茶会の準備をするように私を説得した。けれど、意味が分からないし、断固として拒否する。

アデライト姉様はシクシクと泣いているだけ。

そんな姉様を見てメイドや執事は可哀想だと言う。私は意地悪だと、陰口を叩《たた》かれるようになった。

いやいや、自分のことは自分でしなさいと言っただけよ⁉

結局、お茶会はお母様が慌てて手伝っていた。

当日。

ぎりぎりではあるが、なんとか無事に準備ができたようだ。

そっと窓から外を見ると、馬車がズラリと並んでいる。沢山《たくさん》の令嬢や子息たちがお姉様のお茶会にやってきた。

「私は自分の部屋で本でも読んでようかなー」

そう呟《つぶや》きながら、ふとまた窓の外を見る。そこで、業者の馬車の中に意外な店のものがあるのを目にした。

茶色の帽子を被《かぶ》った黒髪の青年が、沢山《たくさん》の白い薔薇《ばら》を持っている。

ん？　白薔薇《しろばら》を持って帰ろうと……している??

「え？　なんで、アル!?」

私は急いでその青年――アルのもとに駆け出した。

アルと彼のお父様に声を掛ける。

「アル！」

「ソフィア」

「ハァハァ……どうして屋敷から薔薇《ばら》を？」

「あー……これな」

アルは少し苛立《いらだ》った表情で大量の白薔薇《しろばら》を指差す。

「今日のお茶会に飾り付け用の白薔薇《しろばら》を大量発注したくせに、昨日の夜、やっぱり薔薇《ばら》ではない花が良いと言ってきてさ。別の花屋に注文するから、白薔薇《しろばら》は処分しろだとさ」

なんてことを！　大量発注しておいて!?

「……ごめんなさい。家の者が……」

「いや、ソフィアが悪いわけではないから。それに代金は払ってもらった。お金払ったんだから文句ないだろ、だとさ」

呆《あき》れたようにに話すアルに、私はただ謝るしかできない。

それにしても大量の白薔薇《しろばら》がもったいないわね。破棄したくないもの。何か別なことに使えないか、考えたほうが良さそう。

私はアルに後でお店に行くと約束をして、急いで外へ出る準備をする。

その時、聞きたくない声を聞いてしまった。

「ソフィア！　ここにいたのね！」

「……げ。アデライト姉様」

タイミング悪く、アデライト姉様と、隣には歯欠けのオスカー様までいる。オスカー様は私の姿を見ると慌てた様子になった。

「や、やあ。ソフィア。僕は……その、とりあえず席を外すよ」

そう言って、逃げていく。そんなオスカー様の様子を見ていたアデライト姉様の友人たちが、アデライト姉様に同情を示した。

「はぁー。お可哀想に、暴力を振るう妹を持つなんて、アデライト様はご苦労されるわね」

「最近、妹の暴言に酷《ひど》くショックを受けて眠れないのだとか」

「虐《いじ》められてもいるらしいわ！　それなのに笑顔で我慢してるのよ！　アデライト様は！」

「「まあ！　なんて酷《ひど》い妹なのかしら」」

いや、目の前でコソコソ言うくらいなら私に直接言えば？

アデライト姉様は友人、いや、自分の取り巻きたちの言葉を一応、止めようとする。

「みんな！　そんな、妹の前でやめて……わ、私は大丈夫よ。信じてるもの……本当は良い子なんだって、可愛い妹ですし」

ウルウルと涙を見せるアデライト姉様に周りの人たちはまた同情し、そして私を睨《にら》む。

姉様は私を悪者にしたいようね。だって、目はウルウルと涙していても、口元が……微笑《ほほえ》んでいるもの。

どよんと嫌な空気が漂《ただよ》う。

そこに、パチパチと拍手が鳴り響いた。

「これは見事なお茶会だな」

声のするほうを振り向くと、我が国の第一王子、次期国王でもある王太子のルチータ王子が手を叩《たた》いている。

「「我が栄光の太陽――ルチータ王子にご挨拶《あいさつ》を」」

皆が一斉に頭を下げた。

私は初めてルチータ王子にお会いした。

とても高貴なオーラを放っていて、なんだか緊張しちゃうわね。

金髪に紫色の瞳のイケメンは、誰かに似ているような似ていないような、不思議な雰囲気がある。

「まあ！　ルチータ王子様っ、申し訳ございません。お見苦しいところを。あちらで我が家自慢のシェフのお菓子を――あの……ルチータ王子様？」

ルチータ王子はアデライト姉様の話には耳を傾《かたむ》けず、何故《なぜ》か私をジーッと見てニコニコと笑う。

……えっと、私、変な顔をしているのかしら？

「あ、あの……？　ルチータ王子、何か私、気に障《さわ》るようなことをしましたか？」

「君がソフィアか！　そうか！」

王子がウンウンと頷《うなず》きながら嬉しそうに私を見るものだから、周りの人たちは混乱しているようだった。

中でも、一番訳が分からないという顔をしているのはアデライト姉様だ。

そんな姉様にルチータ王子はチラッと一瞥《いちべつ》を投げる。

「先程も言ったが、素敵な雰囲気のお茶会だ」

「ふふ、ありがとうございますっ。私が気に入っているブランドの食器に合わせて黄色の花を準備するなど、色々と工夫しましたの！」

「なるほど。だが、私は白い花のほうが好きだけどね」

「……え、そう……ですか……。あ、ルチータ王子様！　先程、私の婚約者であるオスカー様が来ましたので、向こうのほうで話しましょう」

アデライト姉様は話を逸《そ》らし、可愛らしくにっこりと微笑《ほほえ》みかけた。ルチータ王子の腕に手を添えて、甘えた仕草をする。

そんな彼女を周りにいた子息たちが眩《まぶ》しそうに眺めている。けれど、ルチータ王子は私に話し掛けてきた。

「ソフィア嬢、来月、剣術大会を行うから、参加してみて」

「へ⁇　参加？　え？　私がですか？」

「そうだよ。それじゃあ、またね」

剣術大会を見に来てではなくて、参加してみて⁇

どういうことだろう？

いまいちよく分からない王子様だけど、悪い人じゃなさそうだわ。

そう！　何故《なぜ》なら、あのアデライト姉様の甘える姿になびかないんだもの！　ビックリしたわ。

普通の令息たちは鼻の下を伸ばすのに。

私とルチータ王子とのやり取りを聞いた令嬢たちはくすくす笑った。

「……あらやだ、聞いた？　女性に剣術大会への参加をすすめるなんて……ふふふ、ルチータ王子様はあの性悪の妹に改心しろと言ってるんだわ」

アデライト姉様も私を見て、クスリと笑う。

その後は、王子様とオスカー様の間に挟まれてご満悦だった。

とりあえず……私はアルのお店に行っていいわよね？　あの沢山《たくさん》の白薔薇《しろばら》をなんとかしなくちゃいけないわ‼

私は彼女たちの態度を気にせず、花屋に急いだのだった。

「——白薔薇《しろばら》の香り袋に、押し花に、薔薇《ばら》入りのシフォンケーキって……よく作れたな」

「アルごめんなさい、それでも廃棄になるほうが多かったわよね」

「いや、十分だよ。枯れた白薔薇《しろばら》もまた別の使い道があるし。わざわざありがとうな」

お茶会から一週間。

我が家がアルのお店に迷惑をかけ大量の白薔薇《しろばら》を廃棄させることになったのが、本当に申し訳ない。

私はアルから譲り受けた白薔薇《しろばら》で香り袋やケーキを作って彼に渡した。

……普通なら私とも仲良くなんかしたくないだろうに、アルはいつも通りだ。

「本当にごめんなさい……」

落ち込む私の髪に、彼は一輪の白薔薇《しろばら》を飾ってくれる。

「ん。別にいいよ。何度も言うけど、ソフィアのせいじゃない。逆に色々と手伝ってくれてありがとうな。これ俺からのお礼」

「ふふ、ありがとう。頭に白薔薇《しろばら》を飾るなんて、なんだか結婚式みたいだわ」

冗談を言うと、アルの耳が真っ赤になる。彼は顔を逸《そ》らして、別の花をいじり出した。そんな私たちをアルのお父様が笑う。

「いやー！　青春ですねー！　いや、青春だな！　うん！」

「アルのお父様ってたまに敬語になるわよね？　癖？」

「……そんなもんだな。親父《おやじ》！　俺たち、用があるから」

「はいよー、二人とも気をつけてなあ」

アルに連れられて、私は外に出た。

「俺たちは用があるって、あったかしら？」

「昼飯、食べてないだろ。それとも、お嬢様は一流シェフのものしか食べないか？」

「そうやって意地悪な言い方をして……ふふ、あっ！　私ね、新しくできた出店のホットドッグ屋さんに行きたいわ！」

「ん。了解」

冗談を言い合いながら、ホットドッグ屋さんに向かう。

私はマスタードがたっぷり入っているホットドッグを注文した。

「美味《おい》しいわね」

「だな」

外で食べるのははしたないと言われるけど、天気の良い日に外で食べるのは最高なのよね！

店の近くでは通りかかる人たちにチラシを配っているお兄さんがいて、私にもそのチラシをくれた。

「ハーイ！　今年もまた始まるよー！　剣術大会！　ハイ！　綺麗なお姉さんも！」

「あら、ありがとう」

なるほど、来月開かれる王家主催の剣術大会の宣伝だわ。毎年、ジェイコブお兄様がこの大会に出て、優勝していたわね。

「どうした？　もう食べないのか」

「いえ、もう一つ食べるわ」

「……食べるのかよ。見てるそのチラシ、何？　あぁ、来月の剣術大会か」

「そうよ。あ、そういえば私ね、この前のお茶会で初めてルチータ王子に会ったわ。とてもカッコ良くて素敵だった」

「ルチータ王子？」

アルは何故《なぜ》かムスッとした顔になる。そして、大きく口を開け、ホットドッグを一口で食べた。

頬を膨らませて、リスみたいね。

「……なに、あーいうのが好み？」

「ん？　別に。それより、剣術大会に参加してみてはどうかと言われたのよね」

「……ッゲホゲホ!!　は!?」

「まったく。アルって意外と食いしん坊さんよね」

大丈夫かしら!?　ホットドッグが美味《おい》しいからって、一気に食べるからよ。

突然むせたアルに、私は慌てて水を渡す。

「……ケホ……出るの？」

「え？　何が？　ホットドッグ食べたいの？」

「……違う。剣術大会」

「……んー、実は少し興味はあるのよね」

そう私が答えると、アルはただ黙って話を聞いてくれる。

いつも家族優先で物事を決めていた私だが、自分自身が好きなものは何かと考えると、答えは本と剣だ。

自分がこれから何をしたいのか、まだよく分からないものの……好きなことはやり続けたい。

そんな話をアルにする。

彼はふぅと小さなため息を吐《つ》いた。

「まあ、出てみたら？　大会。男女は問わないと記載されてるし」

「でも……女性で剣術大会に出るって、あまりないのよね。それにジェイコブお兄様も参加するはずだし」

「……ソフィア。もっと自分の力を信用しろよ。お前に剣術を教えたのは、誰だ？」

「んー、アルね」

「そっ。ストレス発散しに行くと思えばいい。……というか、多分、ソフィアが一番強いと思うけどな」

なるほど！　ストレス発散ね！

「……うん、参加。そうね……してみるわ」

頷《うなず》くと、アルは背中をポンと押してくれる。

ホットドッグ、美味《おい》しかったわ！

その後、私はこのホットドッグのお店の常連になり、よくアルと食べに行くようになった。

◆◆◆

「——ソフィア姉様！　人参《にんじん》食べて!!」

「は？　嫌よ。何度も言うけれど、自分で食べなさい。甘えるな、アナタは何歳なのよ」

「がーん!!」

最近、ソフィア姉様が変だ。

変でおかしい。

今までは微笑《ほほえ》んで、私の人参《にんじん》を食べてくれていたのに、食べてくれない。オヤツも沢山《たくさん》くれたのに、食べさせてくれない。

宿題もしてくれない。

何もしてくれない。

私のお姉様はおかしくなっちゃったんだ!!

病気かもしれない！　お医者さんを呼ばないと！

「私が嫌いになったのかな？」

ううん！　それはない。

だってみんな、私を天使さんだと言ってくれるもん！　ソフィア姉様だって、きっと——

「いや、天使じゃないわよ」

「ががーん!!」

「アメリ、天使は神の意志を伝える役割を果たすものだけれど、必ずしも人間に好意的とは限らないわ。人間に悪事を働き、神に反逆する天使もいて、それが、いわゆる悪魔になるのよ」

白薔薇《しろばら》の花びらを袋に詰める作業をしているソフィア姉様は、私にそう話す。

あ、悪魔?

天使は悪魔になるの?

私がプルプル震えていると、ソフィア姉様は白薔薇《しろばら》の花びらが入っている袋をくれた。

「ふあ、いい匂い!!」

「アメリ、人参《にんじん》を食べれば悪魔になんかならないわ」

「……そ、そうなの? 人参《にんじん》食べれたら、いい子? そうなの?」

「好き嫌いする子は悪魔になりやすいのよ」

私は悪魔になんかなりたくない! いい子でいたいもの!

その日の夕飯には人参《にんじん》サラダがあったけれど、私は勇気を振り絞ってパクリと食べた。

やっぱりまずい。嫌いだな。

でもでも、悪い子は嫌だもん。

お父様やお母様たちは涙を流す私に「もう食べなくていいよ」と言うけど、悪魔になっちゃうから駄目なの!

私はチラッとソフィア姉様を見る。姉様はにっこりと笑ってくれた。

最近のソフィア姉様は怒ってばかりで怖かったのに……やっぱり、やっぱり、優しいいつもの姉様だ!!

「アメリは人参《にんじん》を克服しましたー！」

私は鼻水と涙を出しながら、発表する。

みんなが褒めてくれた。

ソフィア姉様はただ黙っていたけどね！

「あ、アデライト姉様！」

「ん？　なあに、可愛い天使ちゃん」

「あのね、あのね、アデライト姉様も人参《にんじん》嫌いでしょ？　でもね、好き嫌いすると悪魔になっちゃうよ！　気をつけて悪魔にならないようにね！」

そう私が教えてあげると、何故《なぜ》かソフィア姉様は笑い、アデライト姉様は固まった。

なんでだろう？

人参《にんじん》はやっぱり嫌い。仲良くなれない。

だけどね、悪魔にはなりたくないものね！

ふかふかのベッドの中、私はソフィア姉様のことを考える。怖いけど、でも大好きな姉様なの。

だからね、だから――

「ソフィア姉様と……またお話し……むにゃ……しよ……」

――我儘《わがまま》で小さな末っ子はヨダレを垂らしながら深い眠りについた。

第二章

「――ソフィア!!　いるか!?」

その日。

私は静かに本を読んでいた。

そこへ、ノックもせずドカドカと我が家ご自慢の次期当主であるジェイコブお兄様が、部屋に入ってくる。

「ジェイコブお兄様、レディの部屋へノックもせず入るのは――」

「そんなことはどうでもいい！　アデライトに聞いたぞ!?」

「何をです？」

ジェイコブお兄様はハァァと呆《あき》れた声を出す。

「結局、最後までお茶会の準備を拒否したよな？　アデライトはただでさえ身体が弱いんだ、少しは協力してやったらどうなんだ？　その上、お茶会でルチータ王子に色目を使っていたと令嬢たちの間で噂になっているんだぞ……」

「ジェイコブお兄様はそんな噂を信じてるのですか？」

私が質問をすると、お兄様は頭を抱えてまたため息を吐《つ》いた。

「俺の通う騎士学校の生徒の間でも広まっている。もう夏休みも終わりだ。アデライトもソフィアも来週から私立の学園に通うだろう。俺は心配をしているんだ、ソフィア……最近おかしいぞ。来月の剣術大会に出るという話も……冗談だよな？」

それが一番聞きたかったようね。

剣術大会は騎士を目指す学生たちがメインの大会。優勝となれば、王子の護衛に推薦されやすくなるなど、将来が明るくなる。

女性の私が大会に出るのはおかしいとジェイコブお兄様は言う。

「……私、ジェイコブお兄様のように、強くなりたかったんです」

「女性は守られてお淑《しと》やかでなければならない！　アデライトのように！　何故《なぜ》これが分からない!?　父上も母上も最近のお前に頭を悩ませてるぞ！」

なんだかジェイコブお兄様と話すと……苛々《いらいら》するわね。

――女性はお淑《しと》やかでなければならない、なんて。

確かにこの国ではそうかもしれないけれど……

「女性の騎士も数名ですがいると聞きました」

「……ソフィアッ！　まさか騎士になりたいとか……」

「あら、それも面白そうですわね」

「ソフィア!!　いいかげんにしろ！」

パァンとジェイコブお兄様が私の頬を叩《たた》いた。

「っ……」

ジンジンと火照《ほて》る私の頬。

……強くてカッコいいと自慢だった兄は、ただの筋肉馬鹿なのね。

次の瞬間、ジェイコブお兄様はハッと我に返って、慌てて私の頬に触る。

「すっ、すまない！　大丈夫か？　だが、お前が悪——ッゲホ!!」

私は無言で目の前にいるお兄様に腹パンチをお見舞いした。

「え、ちょ。ソフィア……ガハッ、兄に暴力とはー！」

「あんたが言うな」

「ぎゃう!!」

お腹《なか》を押さえてよろめくジェイコブお兄様のお尻に一発蹴りを入れて部屋から叩《たた》き出《だ》す。

お兄様は真っ青な顔で去っていった。


その後。

ヨロヨロと廊下を歩くジェイコブを見つけた、アメリがスキップしながら声を掛けた。

「ジェイコブ兄様ー!!　人参《にんじん》大魔王のお絵本読んでー！」

「……うるさい！　そこらへんのメイドに頼め！」

「がーん!!」

いつも爽《さわ》やかで笑顔のジェイコブが苛々《いらいら》している姿に、アメリは固まる。

「……これは、お兄様が最近人参《にんじん》を食べてないからかも！　あわわ大変！」

その日の夕食、ジェイコブの皿の上は何故《なぜ》か人参《にんじん》だらけだった。誰の仕業なのかはすぐに分かったが、ジェイコブは黙って食べた。


次の日。

剣術大会に向けての練習をと、私はアルに会いに行った。

アルは私の頬が赤く腫《は》れているのを見て驚く。

昨日のことを説明すると、いつも冷静な彼にしては珍しく感情を剥《む》き出《だ》しにする。

「……は？　なんだ、それ？　ちょっと殺《や》ってくる」

「ストップストップ！　アル！　大丈夫よ、頬は冷やせば治るわ」

アルは私の腫《は》れた頬を優しく撫《な》でる。

けど、それは一瞬だけで、お説教の時間が始まってしまった。

私を心配してくれているのが凄《すご》く分かる……。お説教がとても嬉しいと感じるのだから、私も相当なお馬鹿だよね。

「……何ニヤニヤしてるんだよ。あの馬鹿兄が悪いけど、ソフィアは女の子なんだ。もっと自分を大事にしろ」

「……そうだね……」

真剣な眼差《まなざ》しで私を見つめるアルに、なんとなく、そう、なんとなくドキッとしてしまう。

子供の時からの友人――あの小さな少年が、立派な青年になったなあ。

ドキッとしたのは……夏の暑さのせいね。きっと……

私たちはその後、黙々と剣の練習をした。


翌日――

オスカー様の家の執事が一人で我が家にやってきた。

「フォルフ家に来てほしい？」

「はい、奥様がソフィア様にお話があるとのことです」

「オスカー様の婚約者はアデライト姉様だけど……」

「本日、お屋敷にはソフィア様しかおられないと知った上で、参りました」

元婚約者であるオスカー・フォルフの実家、フォルフ家は由緒ある厳格な家だが、その他にも有名なことがある。

オスカー様のお母様――ペリドット様は、王妃様と仲が良く、貴族社会の中心人物なのだ。若い頃は社交界の女王とも言われていた。オスカー様は、厳しくて苦手だと愚痴っていたわね。

そのペリドット様が会いたいと言っているという。

とりあえず、言われるがまま私はフォルフ家の迎えの馬車に乗った。

大事な息子の前歯を折ったことを怒っているのかもしれない！

あぁ、お土産《みやげ》を持ってくるべきだったわね。殴ったことに後悔はないけれど、義理のお母様になるはずだった人だもの、憎まれたくはないわ。

気が重くなったところで、フォルフ家に着く。

私はペリドット様の待つ部屋に案内された。

コンコンと、執事がドアをノックする。

「入りなさい」

厳しい感じの声が応《こた》えた……オスカー様のお母様だ。

私はドアを開けると、ペリドット様を見つめた。青い髪を一つにまとめている彼女は、いつも姿勢がビシッとしていて華のある人だ。

「……お久しぶりです。ペリドット様」

ペコリと頭を下げて挨拶《あいさつ》をすると、私を立って迎えた彼女はソファに座る。私も続いて向かいの椅子《いす》に腰掛けた。

長い沈黙が続いた後、ペリドット様は紅茶を一口飲んで質問をする。

「私が何故《なぜ》、アデライト嬢ではなく、貴女《あなた》を婚約者に選んだのか、理由を分かっている？」

「え？　あの、オスカー様を殴った件では？」

「ハア……。あの阿保《あほう》息子のことは、今はどうでも良いわ」

……今、自分の息子を阿保《あほう》って言ったわね。それにしても、質問の意図がよく分からない。どういうことかしら。

「私が選ばれた理由は、姉は病弱で、私は健康が取り柄だったからだと認識しておりました。世継ぎを産むには最適かと――」

そう答えると、キッと私を睨《にら》みつけるペリドット様。

え？　違うのかしら。

分からない！

彼女が黙って紅茶を飲み続けているのが辛《つら》い。

不意にペリドット様が口を開く。

「……手の平を見せなさい」

「はい？　手の平ですか？」

私はそっと手の平を見せた。するとペリドット様も白い手袋を外し、私に自分の手の平を見せてくれる。

……これは!?

私とペリドット様に共通するものを見つけた。

「私と同じ……剣ダコですね……」

私はパッとペリドット様の顔を見る。彼女はまた手袋をはめ直した。

「……昔は騎士になるのが夢だったのよ。でも時代と周りには逆らえなかったわ。今は趣味程度だけね」

「そうだったんですね」

いや、趣味程度にしてはかなり剣を握っている手だったわ。一度手合わせをお願いしてみたい。

無理かしら？　自分の息子の元婚約者なんて、印象が悪いわよね。

色々と考えていると、ペリドット様が突然、頭を下げた。

「……ごめんなさいね。私が旅行中で不在だったとはいえ、息子がとんでもないことをしたわ」

「どうか頭を上げてください。あの……私はオスカー様の話より、ペリドット様と剣術についてのお話をしたいです」

ペリドット様は優しく微笑《ほほえ》んでくれる。

「来月は剣術大会ね。参加するの？」

「ハイ、もちろんです」

「……そう。貴女《あなた》は変わったわね。少し前までは自信なさそうな感じだったのに、今は前を向いてるわ。私が貴女《あなた》をフォルフ家の嫁に選んだのは、小さい頃の貴女《あなた》に自分に似たものを感じたからだったのよ。私が言うのも変だけど……剣術大会、頑張りなさい。応援してるわ」

そうして私たちは楽しい時間を過ごす。

うん、以前は厳しい雰囲気のせいで苦手意識があったけれど……とても良い人だわ。なのに何故《なぜ》、オスカー様はあんななのかしら??　謎だわ。

私はフォルフ家からの帰りの馬車で首を傾《かし》げたのだった。

◇　◇　◇

朝は四時に起きて、剣術の自主練をしてからシャワーを浴びて読書をするのが、最近の私のルーティン。

朝食の時間は家族とずらすことにした。

ジェイコブお兄様もお父様も口うるさい。あのうるさい口を殴りたくなるから、家族の朝食後、食事を運ばせて自分の部屋で食べることにしたのだ。

アデライト姉様が私を見てビクビクするのも気に障《さわ》るし。『ふり』なのか、なんなのか、よく分からないけれど、どういうつもりなんだろう。

たまに妹のアメリが「人参《にんじん》食べたよ！」と報告しに私の部屋へやってくるくらいが、唯一の家族との接触だわ。あの子はお馬鹿だけど、きちんと教育をすればまだ間に合うかもね。

「んー。今日は特に何も予定がないし、好きな本をゆっくり読《よ》み漁《あさ》るのもいいわね」

朝食後。自分の部屋から出て、家の図書室に足を運ぶ。

……最近、私が出歩いているとメイドたちが怯《おび》えるのよね。

「ソフィア」

私の名前を呼ぶ声がする。

振り向くと、お母様だった。

いつも家族に優しいお母様。お父様を立てて三歩後ろに控えて陰で支えている姿は、そうね、前世で見たドラマの典型的な昔の人みたい。

いや、今のこの世界では、女性というのはそういうものなのかもしれない。

お母様は私の顔を窺《うかが》いながら話す。

「ねえ貴女《あなた》、最近本当にどうしたの？　アデライトの用事やお茶会の準備もしてくれないし、この前ジェイコブに……暴力を振るったらしいわね？　お父様もカンカンに怒ってるわ。とにかく一度みんなに謝りましょう」

「嫌です。お母様は何を見て聞いて、私に謝れと言ってるのです？」

「ソフィア、お父様は怒ってるわ。お父様やジェイコブの言う通りにしなければ――」

笑えてきた。

何を謝罪しなければならないと考えているのかと質問しているのに、父が兄が、としか答えない母親を見て、私はクスッと笑ってしまう。

そんな私をお母様は不思議そうな顔で見る。

「……ソフィア？　何故《なぜ》、笑ってるのかしら。私の話を聞いてるの？　貴女《あなた》の悪い噂ばかりが流れてて、お父様たちが困ってるわ」

私はフウとため息を吐《つ》き、別の質問をしてみた。

「お母様は私の好きな食べ物をご存じですか？」

「……え？」

「私の誕生日は覚えてます？　知りませんよね。毎年毎年、ジェイコブお兄様の大会やアデライト姉様とのお茶会、買い物、看病などを優先しているもの。それに私の部屋に一度も来たことがありませんよね。私の部屋がどんな感じか、お分かりですか？」

「貴女《あなた》はとても素直で、なんでも言うことを聞いてくれていたのに……どうしたものかしら。家の仕事を手伝ってもくれないなんて、お父様が怒るわよ」

「……ふふ、お母様ってご自分の意見をお持ちではないようですね。本当につまらない人だと分かりました」

私の言葉に、お母様は顔を真っ赤にする。

「お、親に向かってなんてことを!!」

「事実でしょう？　お母様は何もできない、何も意見のない空っぽな方です」

この人は、とにかく人の顔色を窺《うかが》ってばかりだ。自分が周囲にどう見られるかを重視して、私のことなど何も考えてくれなかった。

風邪が酷《ひど》くても気にかけてさえくれない。

小さな頃、誕生日を祝ってくれたのは、メイド一人だけだった。

どんなに私が母親の愛情を欲しがっても、手を差し伸べてくれない。

私が冷たい眼差《まなざ》しを送ると、お母様は目を逸《そ》らす。だから、私はお母様を無視して図書室に向かう。

お母様はただ、黙って俯《うつむ》いていた。

沢山《たくさん》の本に囲まれて気に入ったものを読もうと開いた時、珍しい人が現れた。

アデライト姉様だ。

「……夜更かしのせいで、寝不足なのでは？　まだ寝てなくていいんですか、アデライト姉様？」

「あら、ふふ。何を言ってるの？　……ねえソフィア、今度、仲直りに二人でお茶をしましょう？」

「いえ、結構です」

彼女のお誘いをぴしゃりと断る。

シンと静かになるものの、アデライト姉様はめげずにニッコリと私に微笑《ほほえ》みかけた。近くにあった本を手に取り、ページを一枚一枚めくる。そして、話を始めた。

「……そういう反抗的な態度は良くないわ。そういえば昔、私やお父様たちに反抗的なメイドが一人だけいたわね。『ソフィアお嬢様を蔑《ないがし》ろにしすぎてる！』って、うるさかった。なんだか彼女を思い出しちゃったわ」

「……は？　なんの話を……」

「私ね、それがとても腹が立ったの。妹のソフィアをみんな可愛がっているのに、意味が分からなかったわ。だから、お母様の宝石をそのメイドのポケットに入れておいた。ねえ、その後、そのメイドがどうなったと思う？」

私が五歳くらいまでは、この家に優しいメイドが一人いた。幼い頃に別れてしまったきりなので もう名前も思い出せないけど、本当に優しい人だったのは今でも覚えている。

ある日、彼女は突然、屋敷からいなくなったのだ。

それって……

アデライト姉様は私に微笑《ほほえ》み続《つづ》ける。

「ふふ、辞めさせられたのよ」

「え、ちょ――!?」

不意に彼女は、自分が持っている硬い本を自分の顔にぶつけた。アデライト姉様の額《ひたい》から血が流れ出る。

意味が分からない。頭がおかしくなったのかしら!?

呆然とする私の前で、アデライト姉様はうるうると涙を流した。

「メイドを辞めさせたのは私なの。ごめんなさい………ご、ごめんなさい!」

美しい顔を涙で濡らし、本を置いて図書室の外へ出る。近くにいたメイドたちがアデライト姉様の額《ひたい》に流れている血と目から零《こぼ》れる涙にビックリしていた。

同時に、片手に本を持っている私の姿も見られる。

今の屋敷内で、私は完全に悪だ。

「……はあー……なるほど。アデライト姉様は女優ね」

やっぱりアデライト姉様は私を悪者にしたいみたいだわ。

喧嘩《けんか》売ってきたのよね？　これ。

「……本当、面倒な姉だわ」

そう呟《つぶや》く。

その様子をコッソリと小さな我儘《わがまま》末っ子が見ていた。

アメリは絵本を両手に持ち、顔を青くする。

「……姉様たちが喧嘩《けんか》してる！　これは人参《にんじん》の呪い⁉」

慌てた様子で散らばっていたお菓子を自分のポケットに入れ、アメリは急いで図書室を出ていったのだった。

◇　◇　◇

――現在、私は何故《なぜ》かお父様たちに呼び出されていた。

お父様はふんぞり返ってソファに座り、その隣でアデライト姉様がハンカチを握りしめて涙を流している。そんなアデライト姉様の肩を抱き、お母様は優しく寄り添っていた。ジェイコブお兄様もお父様の逆鱗に腕を組んで座っている。

一方、私は立たされていた。

お父様は顔を真っ赤にして腕を組み、私を怒鳴りつける。

「お前は頭がおかしくなったのか⁉」

「いいえ。頭がおかしくて残念なのは、お父様のほうでは」

私はチラリとお父様のとても薄い髪の毛を残念そうに見る。

もうハゲなのは確かなんだから、少ない毛をそんなに頑張って集めなくても良いのに……

そう考えていると、ジェイコブお兄様が「バン！」とテーブルを叩《たた》いて怒鳴った。

「ソフィア！　最近のお前は本当にろくでもないぞ⁉　俺にだけならまだしも、アデライトにまで手を出すとは！　なんて妹なんだ！　家族に手を上げるなんて！」

それ、貴方が言う台詞《せりふ》なわけ？

私は拳《こぶし》を握りしめてキッとお兄様を睨《にら》む。ジェイコブお兄様は咳払《せきばら》いをしながら、目を逸《そ》らした。

ジェイコブお兄様は一体何がしたいのだろう。意味不明なので、本当に黙っていてほしい。

私は泣いているアデライト姉様にチラッと視線を向けた。

姉様は私に怯《おび》えている様子を見せる。

「私はアデライト姉様に暴力を振るってなどおりません。ご自分で傷をつけたんです。頭がおかしいのはアデライト姉様ですわ」

そう説明すると、お父様とお母様は私を化け物でも見るかのような目で見てきた。

「ソフィア！　なんという態度だ。嘘まで吐《つ》くとは、反省しろ。とりあえず……まだ夏休みだ！　その間、シリウスの所に行って頭を冷やせ‼」

お父様の言葉に、すかさずアデライト姉様が割って入る。

「お父様！　シリウス伯父様は変わった方で、既《すで》にマカロン家の者ではないわ！　可愛いソフィアが可哀想よ！」

「アデライト……こんなことをされたのに、なんて優しい子なんだ」

「それに比べてソフィア……お前は」

私がウンともスンとも返事をしていないのに、アデライト姉様は前に出て、妹を庇《かば》う優しい姉を演じた。そんな姉様を見て、お父様たちが感動したように涙ぐむ。

「え？　そこ感動するところです？」

その一言に、お父様はプルプルと真っ赤な顔を小刻みに震わせる。少ない髪の毛が猫のように逆立っていた。

「うるさい！　ソフィア！　お前は夏休み明けまで、あの馬鹿兄貴だった奴の所にいろ！　そこで充分反省するんだ！」

「まあ！　馬鹿兄貴とは、ジェイコブお兄様のことでは？」

「「ソフィア!!」」

お父様とジェイコブお兄様は更にヒートアップする。お母様は悲しそうな顔をして、アデライト姉様は……困った顔をしつつも口元が笑っていた。

「……分かりました」

今の私には、反撃できる武器が何もない。

残念だけど、あるのは口だけだわ。

とりあえず、伯父様の家で謹慎しろ、ということね。

シリウス伯父様――一度も会ったことのない、お父様のお兄様。本来ならマカロン家を継ぐはずだった方だけど、変わり者？　らしく、絶縁されたと聞いている。

絶縁した人の所へ行けというのは、本格的に私は見捨てられたってことかしら？

構わないけど、うん、そうね。やられっぱなしと言われっぱなしは身体に悪い。

私は部屋を出る前に、お父様に近づく。

お父様は私が泣きつくのだろうと思っているみたいだけれど、違うわよ。

そっと手を伸ばして、一気にお父様の髪の毛を引っ張った。

ブチィ‼

「ぎゃあああああ‼　わ、わわわ私の髪の毛が‼」

「きゃあ！　お父様⁉」

「あわわわ‼　ちっ、父上！」

見事に綺麗なハゲができて、スッキリしたわ。

「ソフィア！　お前は悪魔か‼　私の大事な髪の毛があ！」

「天からの声が聞こえたの。そのウザったい髪の毛を引っこ抜けと」

「……何、馬鹿なことを言ってる⁉　あわわわ！　く、薬を！　せっかく、生えてきそうだったのに！　何をしている、早く毛生え薬を！」

私はお父様の肩をポンと叩《たた》いて優しく教える。

「お父様、既《すで》に毛生え薬は全て捨てましたわ」

「なっ……え、ちょ……あれは凄《すご》く高い……」

「捨てました」

そこで私は、みんなにレディらしくお辞儀をした。

「それでは明日にでも、伯父様の所に行きますわね」

ニッコリと微笑《ほほえ》んで部屋を出る。

そして自分の部屋に戻った私は、明日出発する準備を進めた。

出発前にアルに会えるかしら？


ソフィアが部屋を去った後、残った面々は大混乱していた。誰も言葉を出せず、ソフィアが出ていったドアを見つめる。

その時、大量の人参《にんじん》を持った末っ子のアメリが、慌てた様子で部屋に入ってきた。

「あのね、みんなね、人参《にんじん》食べてないからだよ⁉」

そう騒ぐ。

けれど、その声に誰も耳を傾《かたむ》けず、ソフィアについて一斉に話し出す。

アメリはどうにか自分に注目を集めようとした。

「――あれだよ、アデライト姉様がね、ガツンと自分でね、やって――もがっ⁉」

アデライトがアメリの口を手で覆《おお》って黙らせ、ニッコリと微笑《ほほえ》む。

「可愛い我が家の天使ちゃん、悪い子になりたい？」

「んーんーん！」

「ふふ、そうね。そのお口は閉じましょうね。もしまた変なこと言ったら、人参《にんじん》のお化けが貴女《あなた》の可愛いお口を縫《ぬ》いに来るわ」

「んー⁉　んん⁉」

そんなアデライトとアメリのやり取りは、誰にも気づかれなかった。


出発の朝。

私は早めに準備を終え、アルに会いに花屋に行った。

「――というわけで、これから一週間くらい伯父様の家にいることになったわ」

お店の前でそう話すと、彼は黙って聞いてくれる。

「……使用人が誰もついていかないのはあり得ないだろう。……一人で行く気か？」

「荷物はそんなにないから大丈夫よ。それにね、伯父様に会って色々と確かめたいことがあるのよね」

アルは腕を組みながら少し考え事をする素振りを見せた。しばらくして、何かを決めたように私の荷物を持つ。

「え？　アル……⁉」

「決めた。ついてく」

それは心強いけど、そんな簡単に決められるものなの。お店は大丈夫かしら？

花屋のほうを見る私の頭を、アルがコツンと叩《たた》く。

「店は父さん一人でも大丈夫だ。少し待ってて」

彼は私の荷物を持ってお店の中に入った。

私はしばらく彼が戻るのを待つ。

それほど待たされることなく、アルが出てくる。

「ソフィア、行くぞ」

「えぇ、そうね。雨が降りそうだもの、早く馬車に……どうしたの、その格好？」

前髪がかき分けられ、ビシッと執事姿になっていた。驚いて固まる私に、アルは面倒臭そうに説明してくれる。

「まず一つ、令嬢であるソフィアが一人だけで伯父の家を訪ねるなんておかしい。メイドや侍従の一人もついていない令嬢がいるか？」

「あら、ここにいるわ」

「馬鹿。可能な限り体裁は整えたほうがいい。あの親の兄だ。警戒したほうがいいだろう」

「確かに、警戒するべきかもしれないわね。でも私ね、ちょっと伯父様について調べてて、気になることがあるのよ。とりあえず、馬車に乗ったら話すわ。それはともかく……ねえ、よく執事の服なんて持っていたわね？」

伯父様の話より、アルの執事姿が気になってしょうがない。

妙に着慣れた様子だし、平民のはずなのに姿勢が良くて、まるで本当の執事のよう……いや、執事というよりも……なんというか……

「さあ、ソフィアお嬢様。お手を」

「なんか笑ってしまう」

「笑うな」

スマートに私をエスコートするアル。

「ねえ、アルって本当に何者？　執事の服を持ってるなんて、貴方……執事になりたかったの？」

質問すると、彼は少し困った顔で笑う。

「……前にも言っただろう。俺はなんでも屋みたいなもんだって」

いや、それにしては所作まで完璧すぎて、怖いわ。


ソフィアとアルが話しているところを、アデライトとその取り巻きたち、そして、ソフィアの元婚約者であるオスカーが遠くから見ていた。

「まあ！　優しいアデライト様が心配で様子を見に出向いてくださったのに！　あの妹は男性と戯《たわむ》れてるわ！」

「はしたないわねっ。アデライト様、あんな子の味方をまだするのですか？」

令嬢二人がアデライトに話し掛ける。

アデライトはケホケホと咳込《せきこ》みながら二人に笑いかけた。

「あの子が私を嫌いでも、私にとってはとても大事な妹なの……でも、ごめんなさい。少し体調が悪くなったみたい」

「アデライト様！　もうカフェでお休みいたしましょう」

オスカーが体調の悪そうなアデライトを抱き上げて心配そうに話し掛ける。

「君はいつだって自分のことは後回しだな」

「……ふふ、ありがとう」

皆に囲まれて心配されているアデライトは、再度、ソフィアと話す執事姿のアルを見つめる。

「ソフィアに素敵な友人がいたみたいで喜ばしいけど……彼女には必要なさそうよね」

その呟《つぶや》きは、誰にも聞こえなかった。

第三章

馬車に乗ってマカロン家の屋敷がある王都から三時間半ほど離れると、緑豊かな小さな村に出る。その村の端に、立派なお屋敷が一軒建っていた。それが、我が伯父であるシリウス・マカロンの屋敷だ。

「……私のお父様の兄か……」

やっぱり禿《は》げてるのかしら？

そう考えているうちに、あっという間に屋敷に着く。

「さあ、お手を。足元にお気をつけくださいませ、ソフィアお嬢様」

馬車を降りる際、アルが手を貸してくれる。

本当に執事みたいに器用に振る舞う彼に、私は笑いそうになる。それを堪《こら》えながら、シリウス伯父様の屋敷の中に足を踏《ふ》み入《い》れた。

屋敷内は執事やメイドが数人いるくらいで、実家のような華やかさはない。けれど、灰色と白を基調としたシンプルなデザインはおしゃれだ。結構、私好みかも。

そこへ、カツンと音が鳴る。そちらを見上げると、左の足を庇《かば》って杖《つえ》を持った、銀髪の背が高い紳士が階段を下りてくるところだった。

俳優かしらと思うくらい、彼の顔は整っている。

これは想像以上にイケオヤジだわ。

「やあ、君が……ソフィアかな？」

ニッコリと優しく微笑《ほほえ》むシリウス伯父様……

だけどこの笑い方には見覚えがあった。

そう、アデライト姉様のようだ。いえ、アデライト姉様以上に、探っているような、むしろ敵意さえ感じる笑みをしている。

後ろに控えている執事に変装中のアルも、伯父様の表情に違和感を覚えているようだ。

「お初にお目にかかります。ソフィアです」

私は礼儀正しく挨拶《あいさつ》をする。シリウス伯父様は挨拶《あいさつ》を返し、応接室に案内してくれた。応接室には美味《おい》しそうなお茶菓子が用意されている。

一見、歓迎されていそうな雰囲気が不気味だ。

私はすすめられたソファに座り、アルは黙って後ろに控えた。シリウス伯父様はコーヒーを飲みながら、あのうさん臭い笑顔のまま話し出す。

「さて、絶縁された弟に娘を頼むと言われたんだが、厚かましいとは思わないかい？　愚かな弟は変わらないなと、改めて感じたよ」

シリウス伯父様は父の行動に呆《あき》れ、それに従う私がどんな人間なのか、何を企《たくら》んでいるのか、探っているようだ。

私は出されたお菓子を食べつつ微笑《ほほえ》み返《かえ》す。

「とても美味《おい》しいお菓子ですね。ありがとうございます」

「はは。嫌味を言われても言い返さないなんて、僕に面倒を見てほしいとお願いしているのかい？　あの弟の子だからね、涙を流せばどんなことでも解決してもらえるとでも考えている？　それは無理だよ。僕にメリットがない」

「あらシリウス伯父様、私は伯父様に私の面倒を見てくださいとお願いしてないわ。もちろん、これからもするつもりはありません」

そうキッパリと宣言すると、シリウス伯父様は首を傾《かし》げる。

「……君、本当にあの馬鹿の子かい？」

「残念ながら、あのハゲ親父《おやじ》の子ですわ」

「君が何故《なぜ》、文句も言わずこんな世間に忘れられた場所に来たのか理由を知りたくてね、屋敷の者に調べてもらったんだ。だからてっきり、ここに助けを求めに来たのかと思っていたよ」

「シリウス伯父様。私は貴方とは違います。家からは逃げません」

私の即答に、伯父様は目をパチクリさせた。

「その足は、お父様のせいですわよね？」

アルには馬車の中で話したけれど、お父様は次男なのに、シリウス伯父様を差し置いてマカロン家の当主となった。

それはお父様が優秀だからだと信じていたが、真実は全く違う。

シリウス伯父様はお父様に嵌《は》められて左足に傷を負い、そのせいでお爺様たちに捨てられたのよね。

そう、伯父様は変わり者でもなんでもない。

「不自由な身体の者は次期当主として相応《ふさわ》しくないと死んだ父に言われ、僕はそんな家族と縁を切った。それに、弟のジェイソンには人望があったからね」

まるでアデライト姉様のようね。

お父様は人に取り入るのが得意だった、と言う伯父様。その話を黙って聞く。

話に一区切りがつくと、伯父様はもう一度私の顔を見た。

「さて、昔話はこれくらいにしよう。ソフィア、君は僕に何を望んでいるんだい？　養子縁組かい？」

「違います。先程も言いましたが、私は伯父様とは違い、家からは逃げません。やられたらやり返すタイプなので」

「なるほど」

「それに……幼くちょっぴりお馬鹿な末の妹がおりますの。妹をあの家に置いて私がいなくなるわけ参りません。私が伯父様に望むのは、この書類にサインをしてもらうことです」

私はそっと一枚の紙をシリウス伯父様に見せた。それは、ジェイコブお兄様も通っている騎士学校への編入の申込書だ。

自立には職が必要。

そして、私が得意とするのは剣術くらいなんだもの。この技術を生かせるようになりたい。そのために騎士学校に行きたいのだが、編入するには、どうしても親か親族のサインが必要なのよね。

シリウス伯父様はクスクス笑いながら紙を私に押し戻した。

「断るよ。僕になんのメリットもない話だ」

「伯父様。私はお願いをしているわけではありません。取引をしているんです。これにサインをしてくだされば、お父様の裏帳簿とマカロン家当主の証《あかし》をお渡しします」

「……僕は別にマカロン家の当主には惹《ひ》かれないけれど、裏帳簿には興味があるな。それでも――サインはしないよ。ソフィア、君という人間が協力するに値する者なのか、分からないからね。君の価値を見せてくれ」

伯父様は意地悪そうな顔になる。

その腹が立つ表情、やっぱりあのハゲ親父《おやじ》と似ているわね。

「……価値、ですか」

「そう、女性が騎士学校へ行くなんて、ほとんど聞いたことがない。面白そうな話だけど。君がそこへ行けるほどの実力者なのかを見せてほしい」

「それなら、来月剣術大会があります。そこで優勝してみせます」

私がニッコリと答えると、シリウス伯父様は少し困った顔で笑った。

「ねえ、ソフィア。何度も聞くけど、本当に君はあの弟の子かい？」

「伯父様、何度も言わせないでください」

そして彼は、フゥと軽くため息を吐《つ》く。

「……すまないね、嫌なことを言って。君は実に興味深いよ。一週間、ここでゆっくり過ごしなさい」

そう優しい声で話し、また一口コーヒーを飲んだ。向かい合う私は、美味《おい》しいお菓子をいただく。

ほんの少しだけ……ほんの少しだけだけど、伯父様の言葉と表情にトゲトゲしさがなくなった気がする。

私は久しぶりに人前でゆっくりとお茶を飲んだ。

それにしても、我が伯父様は一筋縄ではいかないタイプの人間だわ。


目の前の小川からは、せせらぎが聞こえていた。頬に当たるそよ風が気持ち良い。

こんなゆったりとした時間を過ごすのはいつぶりかしら。

「ソフィアお嬢様、オレンジシャーベットでございます」

「……アル」

「はい」

「今は二人っきりよ。普通にして……」

シリウス伯父様の家に来てから三日。アルはずっと私の執事としてそばにいてくれた。

今も、伯父様の屋敷の近くの草地で休憩中の私の世話をやいている。

……でも、あまりにも完璧すぎ、有能すぎなのよね！

私はじっとアルを見つめた。彼がその視線に気づく。

「何？」

「ねえ、執事として働く気は――」

「やだよ」

「ははっ！　即答ね！　ねえ、はしたないかもしれないけど、そこの小川で水遊びしましょうよ」

私は靴を脱ぎ、綺麗で冷たい小川に足を入れる。

そんな私に、アルは呆《あき》れた顔をしつつも付き合ってくれた。

その後、私は屋敷に戻り、髪をまとめて、動きやすい服に着替える。もちろん、剣の腕を磨くためだ。

アルに付き合ってもらい、庭で楽しく訓練を続けた。


――屋敷の窓から、シリウスはソフィアとアルが剣の練習をしている様子を見ていた。

白髪《しらが》交じりの執事がシリウスに微笑《ほほえ》みかけながら話す。

「旦那様。とても可愛らしいお嬢様ですな。旦那様？　どうされました？」

「……あの黒髪の執事……」

「あぁ！　彼はとても優秀でございますよ！　我々への配慮もあり、素早い対応ができる、とても欲しい人材でございます」

執事はアルを手放しで褒めた。

その言葉に反応を返さず、シリウスはソフィアの近くにいるアルにワザと殺気を放つ。その殺気に気づいたアルが、屋敷にいるシリウスを見上げる。

「……あの顔、どこかで見たことがある気がするんだがな……しかも、あの少し変わった剣術……」

シリウスは執事に聞かせるともなく呟《つぶや》いた。


アルと剣の練習中、一瞬、ピリピリした空気を感じた。

何かしら？

アルが何故《なぜ》か屋敷のほうを見ている。

「アル？　どうしたの？」

「……いや、なんでもない。それより、まだ続ける気なのか？　本当に優勝するつもりなんだな」

私は汗だくになりながらも、剣を構え直す。

「あら、もちろんよ。私、負けず嫌いだもの。勝負から逃げたくないしね」

私の返事に、アルは少し何かを考えているようだった。

「……ソフィアは強いな」

そう言って笑う。

こうして私の暑い夏休みは過ぎていった。

――アルの執事姿はこれきりだろうけど、本当に彼はなんでも屋さんなのかしら??

◇　◇　◇

夏休みが明け、学園が始まった。

私の通う学園は男女共学、貴族も平民もいるところで……そう、アデライト姉様やオスカー様も通っている。

学園の前でアデライト姉様に久しぶりに会う。彼女は相変わらずニコニコと話し掛けてきた。

「ソフィア、待ってちょうだい。一人で先に行くなんて……寂しいわ。一緒に行きましょう？」

可愛らしく小走りで近づいてきて、息をハァハァと切らしながら私の隣を歩き出す。そんなアデライト姉様の姿に、周囲の男女が頬を染めた。

アデライト姉様の仕草は、一つ一つが優雅で気品に溢れている。彼女は守ってあげたくなるような可愛らしさも備《そな》えていて……前までは、そう思っていた。

けれど、今は違う。

「……また喧嘩《けんか》でも売りに来たのですか？」

私が睨《にら》むと、アデライト姉様は首を傾《かし》げる。

「喧嘩《けんか》？　喧嘩《けんか》をしたいわけじゃないわよ。……ただ、以前の貴女《あなた》に戻ってほしいだけ。私に従順だったじゃない。分からないわ、美しい姉を持つ貴女《あなた》は幸せでしょう？」

もう本当に殴っていいーかなあああ!?

私は怒りをグッと堪《こら》える。彼女を無視して歩き出そうとしたところに、見知らぬ男子学生の集団に囲まれた。

「アデライト嬢の妹だからって、何をしても許されると思うなよ！」

「こんなにも優しく心配されているのに、家では暴力三昧《ざんまい》らしいな！　貴族の令嬢としてあり得ない！」

「アデライト嬢を虐《いじ》めているとも聞いた！　本当に可哀想だ！　まだ君を信じてると言っているんだぞ！　女神だよ、アデライト嬢は！　それに比べて君は、暴力的だな！」

「ほら！　アデライト嬢に謝れ！　って──ぎゃ!?　痛《いた》い！　いたたたた！　ちょっ!?　まっ──」

一人の男子学生が私の手首をギリギリと掴《つか》み、アデライト姉様に謝らせようとする。私は逆に腕を折る勢いで彼を拘束《こうそく》した。

「か弱い令嬢の手首を無理やり掴《つか》むなんて失礼よ」

「なっ!?　か弱いって……いでで!!」

「おい！　やめろ！　痛《いた》がっているだろ！」

「あら、貴方がこの人の代わりになるの？」

そう言って詰め寄る男子学生を睨《にら》むと、彼らは黙って動かなくなった。私の手首を掴《つか》んでいた男子学生は泣いている。

泣かないでよ。腕は折っていないのだから。

「……ソフィア……貴女《あなた》どうしちゃったの？　私の可愛い可愛い妹は、こんな野蛮《やばん》なことしなかったのに……」

ウルウルと涙を流すアデライト姉様が近寄ってきて、私の耳元で小声で話す。

「……あの黒髪の青年のせいかしら？　彼もきっと私に夢中になっちゃうでしょうけど」

ゾクッと背筋が凍った。

黒髪の青年って、アルのことよね？

アデライト姉様はアルの存在を知っているの？

私はアデライト姉様の顔をじっと見つめる。

「アデライト姉様は、美しくなどないですね」

姉様が目を見開く。

「アデライト！」

青ざめて固まる彼女のもとに、オスカー様がやってきた。彼はアデライト姉様を支えながら私に謝る。

「……ソフィア……、本当に君にはすまないことをしたと思っている。君は妹のような存在で大事だったけど、恋愛対象にはできなかったんだ。だから、僕を恨むのは良い。でも……姉に対する態度は酷《ひど》すぎる……残念だよ」

「あら、残念なのはオスカー様の頭と歯です」

彼の言葉に苛立《いらだ》って睨《にら》むと、オスカー様は慌ててアデライト姉様を抱えて学園の中に入っていった。

この一件のせいか、私はこう囁《ささや》かれることになる。

——あの女は暴力令嬢だ。


「——アデライト様はお優しすぎますわ！」

「本当だわ。暴力で解決する妹なんて、私なら耐えられない」

「オスカー様もアレが元婚約者なんて……本当にご苦労されてたのね」

「ほら、身体が弱いアデライト様を陰で虐《いじ》めてたらしいぞ。そんなアデライト様をオスカー様が守ったんだよ」

「まあ、素敵だわ！」

ヒソヒソ、いや、丸聞こえで話すクラスメイトたち。

あまりにうるさいので、私は、「バン！」と机を叩《たた》いて席を立つ。

ようやくシンと静かになって良かったわ。そろそろお昼の時間ね。

教室から出る私を、クラスメイトたちはサアァと避ける。

……私は病原菌か何かかしら。

ツッコミたいところだけど、無視して外に向かった。

「お昼……どこで食べようかしら」

本日は早朝に、アルから白い布袋を渡されている。

『これでも食べて元気出して』

解放的だったシリウス伯父様の所から息苦しい屋敷に戻されて落ち込む私に、そう言って渡されたのは、野菜や卵が沢山《たくさん》挟んであるサンドウィッチだ。私が大好きな野菜ばかりが入っている。

「さて、どこがいいかな？」

この学園の生徒はアデライト姉様を中心に動く。私はアデライト姉様のただのオマケみたいに思われていた。

だからこれまで、学園での昼食は貴族専用の宮廷風料理のレストランにオスカー様、アデライト姉様と通っていたのだ。

けれど、正直宮廷風は飽きるのよね。

人が少なくて静かな場所を探す。ちょうど花壇の前に置かれたベンチが空《あ》いているのを見つけて、私はそこで食べることにした。

「ふぅ、いい天気ね。それにしても、料理もできるなんて、アルはいいお嫁さんになるわ」

サンドウィッチは、私の大好きなトマトが沢山《たくさん》入れられていて美味《おい》しい。

アルに気を使わせているのかもしれない。今度何かお礼をしなきゃいけないな。

そう考えていた時、オスカー様が目の前に現れた。

え？　なんの用かしら。

「ソフィア！　本当かい!?」

「……？　何が、です？　話が見えませんわ」

青ざめた顔で頭を抱えるオスカー様。

「先程アデライトに聞いたんだ。剣術大会に出ると！」

「あぁ、そのことですか」

「正気か⁉　僕も参加するんだぞ！　……母上に命令されて参加するハメに……。いや、そんなことより、アデライトも心配しているんだ。君が大会に参加するのを……本当に優しい人だ。比べて、君はどうだ？　暴力好きだと聞いているが、まさかストレス発散のために参加するのかい？　やめたほうがいい、怪我をする――」

……何が言いたいのか、よく分からないのよね。

私は一人でワーワーと騒いでいるオスカー様を無視してアルが作ってくれたサンドウィッチを食べる。そんな私の態度に腹を立てたのか、オスカー様は私が持っていたサンドウィッチを「パシッ!!」と地面に落として踏《ふ》み潰《つぶ》した。

……食べ物を粗末に扱う人だとは……本当になんというか……

「ソフィア！　そんな平民臭いものを食べてないで話を聞いたほうがいい！　剣術大会は棄権したほうが君のためにもなる！」

「……たのに」

「ん？　なんだい？　よく聞こえ――ガハッ⁉」

アルがせっかく作ってくれたのに、なんてことをしてくれたのよ！

私はオスカー様の胸倉《むなぐら》を掴《つか》む。彼は自分の口をガードした。

歯を守っているつもりかしら。

「……せっかくのサンドウィッチを……食べ物を粗末にしてはいけませんわ」

そう言って、私はオスカー様の顎《あご》を思いっきりグーで殴った。

「ガハッ！　え、あの、ちょ、落ち着いてくれ!!　話し合いで解決を——痛《いた》っ!?　え、えぇえ!?」

ポロッとオスカー様の下の歯が二つほど欠けて落ちる。

オスカー様はショックなのか崩れ落ちた状態で動かなくなった。私は構わず、現実に戻るように彼の頭をバシッと叩《たた》き、踏《ふ》み潰《つぶ》したサンドウィッチを拾わせる。

「……き、君は……なんて酷《ひど》い女性なんだ……」

「あら、そんな小言はいらないので早く拾ってください」

プルプルと震えているオスカー様は、散らばってグシャグシャになったサンドウィッチをぶつぶつ文句を言いながら拾う。

その後、私のほうを振り向いて叫んだ。

「と、とにかく棄権するんだ！　それじゃあ！」

そう告げて逃げるように去った。

「……オスカー様……」

食べ物の恨みはかなり恐ろしいって知らないのかしら。

それにしても剣術大会まであともう少しなのに、まだあのお馬鹿な兄が何も言ってこないのが不思議だった。

◆　◆　◆

マカロン家の現当主であるジェイソン・マカロンは剣術大会の主催者側の係に訴えていた。

「――ですから！　娘は間違えて参加を申し込んだのです！　棄権します！　棄権！」

少ない髪を風になびかせて叫ぶジェイソンに、担当官は困惑する。

「……マカロン様、申し訳ありませんが棄権はできません」

「何故《なぜ》だ⁉　貴方たちは悪魔か！　大事な娘が怪我をしたらどうする⁉　責任をとれるのか！」

顔を真っ赤にして興奮するジェイソン。続けて、彼の後ろに控えていたジェイコブが前に出た。

爽《さわ》やかな笑顔で担当官に説明する。

「実は最近の妹は少し情緒不安定になっていて、家族も困っているんです。ははは、申し訳ありませんが……棄権をお願いしたく――」

そこに、とある人物がやってきた。

「それはできないな～」

護衛騎士を四人ほど従えて現れたその人物は、金髪の青年――ルチータ王子だ。

ジェイソンとジェイコブは突然現れた彼に慌てて挨拶《あいさつ》をする。ルチータ王子は二人の顔をまっすぐ見つめた。

「ソフィア嬢のことだけど、彼女の参加は決定だよ」

「は、はい⁉　い、いや妹は剣術をまともに習っておりません！」

「ふーん、そうなんだ？　でも僕は彼女の参加を良いことだと思ってるし、もちろん、現国王である父上と母上にも話してみたんだけど、彼女の参加にとても興味を抱いてるんだよね。……お願いもされちゃったしね」

嬉しそうに話すルチータ王子に、二人は意味が分からないという顔になる。けれど、王子に逆らえるはずはなく、肩を落としトボトボと家に帰った。

◇　◇　◇

「——あら？　アルとアルのお父様は珍しくお出かけで不在みたいね」

学園が終わった後。

私は花屋に真っ先に向かった。

アルに作ってもらったサンドウィッチを一つ駄目にしたことを謝ろうと思っていたのに、花屋はお休みだった。珍しい。私が知る限り、一度もお店を休んだことはなかったのに。

「……しょうがないわね、帰りましょう」

結局、アルには会えず、私は屋敷に帰る。すると、待ってましたと言わんばかりに玄関ホールでジェイコブお兄様に出迎えられた。

「ソフィア！　本当の本当に、剣術大会に参加するんだな？　遊びではないんだ。あの大会は僕のような将来有望な騎士になる者たちが勢揃いしている！　いいかげん、我儘《わがまま》を言うのはやめろ」

「あら、ジェイコブお兄様のような人たちが騎士になるだなんて、この国も終わりね」

「ソフィア！　僕を馬鹿にするのもいいかげんにしろ！　……もし、僕と当たったらどうする⁉」

その問いに、私はジェイコブお兄様の顔をまっすぐに見つめる。

「闘うだけですね」

「何を……っ、ソフィア、お前も僕の実力を知っているだろう。僕は強い。優勝候補だぞ？　まあ、そこまでソフィアは勝ち残れないと思うが……ハッ！　まさか……ソフィアは女性なのに次期当主の座を狙っているのか⁉」

「ご想像にお任せしますわ」

私はクスッと笑ってみせた。ジェイコブお兄様はプルプルと拳《こぶし》を握りしめて、私の頬を叩《たた》きたいのを我慢しているようだ。

そんなお兄様を無視して、階段へ向かう。

アデライトお姉様が私の横を通り抜け、ジェイコブお兄様に駆け寄った。そしてお兄様を宥《なだ》めながら、私に微笑《ほほえ》みかける。

「ソフィア……お母様が心労で倒れたわ。まったく誰のせいかしら……本当に悪い子になって、私は悲しいわ」

「アデライト姉様のせいではないでしょうか？　性格を直してくださいませ」

私の答えに眉をピクンと動かすアデライト姉様。その横で、怒り爆発寸前のジェイコブお兄様。

近くに、何故《なぜ》か大量の生の人参《にんじん》をメイドと執事に配っているアメリの姿が見える。

なんだか拍子抜けしてしまったわ。

だけど……私はジェイコブお兄様に負けるつもりはない。

「ジェイコブお兄様、優勝は私が貰《もら》います」

私はジェイコブお兄様に宣言した。

第四章

王家主催の剣術大会は、王宮で働く騎士を選抜する目的もある。

未来ある若手の素質を見極める場でもあるため、騎士学校の生徒たちが多く参加していた。もちろん、思い出作りで参加する者もいるし、出世や賞金目当ての腕っぷしが強い平民も参加可能だ。

そんな大会当日。

私は髪を一つに纏《まと》めて、会場へ向かおうとしていた。そこに、パタパタと小さな足音が聞こえてくる。

「ソフィア姉様！　おはよーございます！　ねえねえ、もう行くの!?」

「アメリ、部屋にはドアをきちんとノックをしてから入りなさい。それに、そんなに乱暴にドアを開けると、ドアのお化けが怒るわよ」

「がーん!!」

アメリはドアに何回も頭を下げて謝った。

なんというか……素直なんだけど、ちょっぴりお馬鹿なのよね。……私が未だにこの家を出られない理由は、アメリのことが心配だからというのもある。

このままこの子をこの家に置いておくのは危険な気がするのだ。

「何か用があったの？　ないなら、私はもう行くわ」

私が部屋から出ようとすると、アメリは慌てて私の足にぎゅっと抱きついた。

「……アメリ？」

「はい！　人参《にんじん》とー、ハンカチ！　いってらっしゃい！　後でね、ソフィア姉様とジェイコブ兄様を応援しに行くよ！」

そう言って、ハンカチと大量の人参《にんじん》を渡してくる。

いや、生の人参《にんじん》を食べろと？

ハンカチはボロボロで、多分……人参《にんじん》の刺繍《ししゅう》がされていた。

その後、アメリはパタパタとジェイコブお兄様のところへ行って、彼にも人参《にんじん》を渡しているようだった。

私とジェイコブお兄様は別々に会場へ向かう予定だったのだが、広間でバッタリと大量の人参《にんじん》を持たされているお兄様と会ってしまう。

ジェイコブお兄様は私をキッと睨《にら》みつけ、自信満々に言い放つ。

「ソフィア、お前が優勝できるわけがない。剣術大会はそんな易《やさ》しいもんではないぞ、……って聞いてるのか⁉　僕はまだ話してるんだぞ‼」

馬鹿と話すと時間の無駄になるもの、無視したほうがいいわ。

私は一人で外へと出ると、赤い日傘をさす。そこには、赤と黒のドレスを着たアデライト姉様がいた。

「ふふ、本当に剣術大会に参加しちゃうのね。驚きだわ。私ね、ソフィアのためにハンカチに刺繍《ししゅう》をしてみたの」

姉様が私にハンカチを差し出す。

それにはスノードロップの花が刺繍《ししゅう》されている。

「……アデライト姉様……」

「なあに？　ハンカチを渡して応援するのが淑女の風習だもの。それにね、早くジェイコブお兄様と仲直りをしてほしいの」

ニッコリと微笑《ほほえ》んでいるけど、目が笑ってない。

アデライト姉様は……本当に蛇《へび》のような人だわ。だって、スノードロップの花言葉の一つは――

「――あなたの死を望みます？」

「……あら、なんのことかしら？」

私は渡されたハンカチをアデライト姉様の顔を目掛けて投げつけた。そして、スタスタとその場を離れる。

そっと振り返ると、泣いているアデライト姉様とそれを慰《なぐさ》めるお父様とジェイコブお兄様が視界に入った。

出がけに色々あったが、私は無事に剣術大会の会場に着いた。

会場はとても賑《にぎ》やかで、外には屋台などが出ている。お祭りみたいだ。

剣術大会らしく、強者《つわもの》らしき人をチラホラと見かける。騎士学校の男子学生もいた。

私は待ち合わせをしていたアルに駆け寄る。

「ねえ、アル。どうして、サングラスに分厚いマスク、帽子まで被《かぶ》っているの？　まるで変質者よ」

「会いたくない奴がいるから。そんなことどうでもいいだろ。それより俺はここまでしか入れない。家族じゃないから控室までついていけないんだ。観客席で応援してるよ」

「……？」

アルの知り合いが来ているのね。

私は参加者の受付の列に並ぶ。名簿に名前を記入して控室に向かった。周囲の人たちが珍しいものを見るかのような目で私をジロジロと見てくる。

確かに女性は……いないわね。

私は空《あ》いている椅子《いす》に座った。

先に控室に来ていた大柄な男性が私を見て笑う。

「おいおい！　なんで女がここにいるんだよ!?　神聖な大会なのに――ヒッ!?　ジェイコブ様!?」

気がつくと、私の後ろに腕を組んだジェイコブお兄様がいた。大柄な男性は慌ててお兄様に頭を下げて、逃げていく。

お兄様は馬鹿だけど……、本当に本当に脳筋馬鹿だけど、間違いなく強い。それは分かっている。

しばらくして、控室に大会の関係者が入ってきた。トーナメント制なので、組み合わせを書いた紙を壁に貼り付けてくれる。

ガヤガヤと騒ぐ沢山《たくさん》の人をかき分けて、私は張り紙が見える位置まで移動した。自分は誰と対戦するんだ、と初戦の相手を確認する。

「あら、まあ。これはまた……」

後ろで「な、なんでだ⁉」と聞き覚えのある声が聞こえた。

私の初戦の相手は、まさかの――

「ソフィア！　棄権するんじゃなかったのか⁉」

顔を青ざめさせているオスカー様だ。

「オスカー様。差し歯にしたんですね」

「そんなことはどうでもいいじゃないか！」

相手は元婚約者。もちろん、負けるつもりはない。

私は彼と初めて会った時のことを思い出す。

『――僕はオスカー。よろしくね』

『ソ、ソフィアです、これからよろしくお願いします』

『うん。婚約者が素敵な子で僕は嬉しいよ！』

はにかんだ笑顔で優しく手を差し出し挨拶《あいさつ》をしてくれた幼き日のオスカー様。

あの時、確かに私は彼に淡い恋心を抱いた……

初戦の組み合わせが元婚約者同士であることを、周囲は面白がっているようだ。中には、露骨にこちらを見てくる人もいる。

「ソフィア様はこちらの控室をお使いくださいませ」

大会の運営係の一人が、私が女性だということで、別の部屋へ案内してくれた。

「立派な部屋ですね……」

「ハイッ！　ルチータ王子がご用意くださいました！　それでは呼ばれるまでごゆっくり！」

「ルチータ王子が？」

白を基調とした綺麗な部屋だ。

貴族とはいえ、ただの参加者の私のためにこんな立派な控室を用意するものかしら？

ルチータ王子とはあのお茶会で一度会っただけで、親しくはない。

「……どうも怪《あや》しいのよね」

あの王子は多分、何かを隠している。

敵か味方かも分からない。

でもとりあえず、今はオスカー様をボコボ……いえ、大会で優勝することだけを考えましょう。

私は白い手袋をはめて、準備体操を始める。そこへ、オスカー様のお母様であるペリドット様が会いに来てくれた。

「ペリドット様！」

「あの馬鹿息子の様子を見に来たんだけれど、いい組み合わせになったわね。これで正式にあの馬鹿息子とやり合えるわよ」

「まさか、ペリドット様が無理やり大会に参加させたのですか？　あの……オスカー様はフォルフ公爵家の次期当主ですよね。私が負かしてしまっても、よろしいのですか？」

そう質問をすると、ペリドット様はため息を吐《つ》く。

「後継者については問題ないわ。息子はもう一人いるもの。それじゃあ、貴女《あなた》の勇姿を観客席で見ているわね」

そう言って、立ち去った。

それから、数十分後。

いよいよ大会が始まった。

「――ソフィア様、第一試合の開始時間です！」

「……分かりました」

観客席のほうから沢山《たくさん》の声が聞こえる。

私はグッと剣を握りしめて、会場に向かう。

ワーワーと歓声が溢れていた会場は、私が現れたことで一気に静まった。

「本当に女性が参加しているぞ、大丈夫か？」

「ぷぷっ。元婚約者同士の闘いとは、面白い」

「いくらなんでも勝負にならん。女性のほうが負けるだろう」

「おいおい、女が騎士にでもなるつもりか？」

「あの方はマカロン家の……ほら、暴力が趣味らしいわよ」

「まあ！　花の女神のアデライト様の妹なのに……。あんな妹がいるなんて、アデライト様はお可哀想だわ……」

そんなひそひそ話と一緒に、好奇の目を向けられる。

そして対戦相手のオスカー様は、私をまっすぐに見ていた。

「ソフィア……まだ怒ってるんだね。そうだ。僕が悪いんだ。婚約をしているのにもかかわらず、君を裏切って傷つけたんだから」

「……」

「ふっ、無視……か。分かっている。分かっていたさ」

彼は意味不明なことをブツブツ呟《つぶや》いている。

そのうち、審判がやってきて、私たちを向かい合わせた。

彼はオスカー様に試合前の質問をする。

「えー今回は元婚約者の方との試合ですが、どんなお気持ちですか？」

オスカー様は剣を構えて、私と闘う意思を示す決めポーズをした。

「全ては愛のためだ！　女性と闘うのは心苦しいが……僕は君の目を覚まさねばならない！」

そう言いつつも、何故《なぜ》、口を隠すのかしら？

まだ試合は開始していないのよ。

次に審判は、ニヤニヤしながら私に問いかける。

「えー、元婚約者との試合ですが――」

「……ねぇ、貴方にはキョウダイがいるのかしら」

「え？　あ、ハイ。います、弟が二人」

「信頼していた弟に婚約者をとられたら、貴方は心から祝福します？」

「え？　あのー、えっと……あの……」

先程までニヤニヤしていたのが一転、彼は焦《あせ》っているようだ。私は彼の胸倉《むなぐら》を掴《つか》み、ゆっくりと言い聞かせた。

「質問がくだらなすぎるわ。早く試合を」

「ハイ……」

私たちの話がよく聞こえないらしい観客席から、私に対するブーイングの大嵐が起こる。

「審判にも暴力を振るおうとしているぞ！」

「退場だ！　やっちまえ！」

「きゃー！　オスカー様あ！　頑張ってくださいませー！　私たちは応援していますわー!!　そんな女やってしまってください！」

審判はコホンと咳払《せきばら》いをしてから、闘いの合図を出した。瞬間、オスカー様が先手必勝とばかりに攻撃する。

カキン！

剣がぶつかる音が会場に鳴り響く。

私はすかさず攻撃を逸《そ》らし、剣を振る。オスカー様はとても驚いた顔をした。

オスカー様は何度も何度も何度も私に攻撃を繰り出す。それを私が余裕で避けていると、すぐに息切れ状態になった。

彼もそれなりに剣術を習得している。

でも、アルのほうが数百倍、太刀筋《たちすじ》が鋭いのよね。

「……ハァハァハァ……ソ、ソフィア……君……！　い、い、いつ剣術を習っていたんだい⁉　変わった構えだけど⁉」

「オスカー様、本当にペリドット様の息子ですか？　ペリドット様のほうがよほどお強いような気がするのですが――」

「今、母上の話は関係ない！　ハァハァ……‼　なんで君はっ、こんなに暴力的な子になってしまったんだい⁉　昔は、あんなに優しい、良い子で……ハァハァ……クソっ！　全然剣が当たらない！　どうして……⁉」

汗まみれで、今の状況に納得いかないといった顔をするオスカー様……それでも彼は、確かに私の初恋の人なんだわ。

私は剣を構え直し、オスカー様を刺す勢いで攻撃した。

「ワッ⁉　ちょ⁉　まっ、速くて見えなっ！　わ⁉　グハッ！」

彼は自らよろけて、転がる。

はずみで剣を手放したオスカー様に、私は容赦《ようしゃ》なく追撃した。

「ちょ!?　ままま待て！　ソフィアァァ!?」

倒れているオスカー様の股の間、ギリギリのところで剣を止める。

さっきまでの声援や大ブーイングはいつの間にかやみ、会場はシーンと静まっていた。審判が「ハッ！」と我に返り、勝った私の腕を上げる。

「しょ、しょ、勝者！　ソフィア嬢！」

オスカー様は地面に倒れたまま、信じられないという顔で私を指差し、罵倒《ばとう》し始めた。

「暴力女！　こんなのが元婚約者だとは、僕は恥ずかしい！　しかも、しかも、僕が負けるなんて！　何か卑怯《ひきょう》な手を使ったんだろう!?　確かに婚約を破棄した僕が悪いけど、こんな惨《みじ》めな目にあわせなくてもいいじゃないか!!」

「オスカー様……違いますわ」

「え？　――ちょ、ブハッ!!」

私は今までで一番強く拳《こぶし》を握りしめ、オスカー様の顔を「バキッ！　バキッ！」と二度、殴る。

「私はアルがせっかく作ってくれたサンドウィッチのことで怒ってるのよ！」

強くやりすぎたせいなのか、オスカー様の歯がまたなくなった。

「うあああ!?　僕の歯!!　歯ー！」

喚《わめ》くオスカー様のもとに、ペリドット様がやってくる。

「オスカー」

「は、母上！　違うんです！　ぼ、僕は――」

「ハァー……本当に恥をさらすばかりね。お前は後継者に相応《ふさわ》しくないわ。フォルフ公爵家は、貴方の弟のルイスに任せます。お父様もそうしろとおっしゃいました」

「そ、そんな……あぁ……」

泣きながら自分の歯を拾っているオスカー様を無視して、私は観客席にいるはずのアルを捜す。

怪《あや》しいサングラスをかけてマスクをしている彼はすぐに見つかった。

それでなくとも、アルは目立つのよね。

サンドウィッチの恨みを晴らしてやったわよ！

私はアルにニッコリと微笑《ほほえ》んでから、控室に戻った。

◆
◆
◆

試合直後にソフィアが突然見せた笑顔に、観客たちは軽く頬を染めた。そのことを彼女本人だけが知らない。

そんな状況に、アルはハァとため息を吐《つ》く。

彼の頬も少し赤くなっていて、嬉しそうだ。

「……無防備に笑いかけるなよな」

そう呟《つぶや》く。

一方、歯がほとんどないボロボロの状態のオスカーは母親を追っていた。

「まっ！　待ってください、母上！　納得できません！　何故《なぜ》、僕がこんな仕打ちを――ヒッ！」

ペリドットは振り返り、息子を睨《にら》む。

「……本当にお前は何も分かっていないのね。オスカー、一つ聞きたいのだけど、貴方、試合前に何を飲んだの？」

ギクッと身体を硬直させるオスカーに、ペリドットはツカツカと近づく。そして、「パァン！」とその頬を思いっきり叩《たた》いた。

腫《は》れ上《あ》がった顔が更に腫《は》れる。

ペリドットは固まってしまった息子を無視してその場を立ち去った。

入れ替わるように、マカロン家の当主ジェイソンとジェイコブ、アデライトが観客席からオスカーのもとにやってくる。

「ここにいたのか、オスカー君!?　君には失望した！　なんと無様《ぶざま》な！　あの子に勝たせるわけにはいかんのに!!　その上、君は卑怯《ひきょう》なことに、筋肉増強の秘薬を飲んだらしいな!?　アデライトが見たと教えてくれたぞ」

ジェイソンが叫んだせいで、観客席にいた人たちにオスカーが筋肉増強の秘薬を使っていたことが知られてしまう。彼らは一様に驚き、オスカーを白い目で見た。

もちろん、オスカーのファンだったであろう令嬢たちも、だ。

「……そ、それは……あの暴力女に勝つには――」

「見苦しいぞ！　オスカー！」

ジェイソンとジェイコブに怒鳴られ、オスカーは婚約者のアデライトに助けを求める。

「アデライト、秘薬について教えてくれた君なら分かるだろう？　僕は君を愛している。全部……今まで通りの日常に戻さないと、だから――」

アデライトはポロポロと涙を流し、オスカーの言葉をかき消した。

「お父様もお兄様もおやめくださいっ！　……私はどうしたら……ぐすっ……」

「す、すまない！　アデライト！　泣くな！　大丈夫だ！　妹のお前は……必ず僕が守る！　だから、大丈夫だ！」

ジェイコブがアデライトをぎゅっと抱きしめる。彼女はボロボロのオスカーに悲しそうな目を向けた。

「まさか、オスカー様が……卑怯《ひきょう》な手を使うなんて……」

「ち、違うんだ。……君のために……僕は」

アデライトに触れようとするオスカーの手をジェイコブがバシッと払う。

「アデライトとの婚約はなしだ！」

「……オスカー様……私……私……ごめんなさい……大事な妹に酷《ひど》いことを言う貴方を見て……サヨナラ」

「ま、待ってくれ！　君までいなくなったら……!!」

フワッと髪をなびかせ甘い香りを残して走り去るアデライトの姿を見つめるオスカーを、剣術大会の係官が連行する。どうやら、取り調べをするらしい。

観客席の人々は皆、涙を流すアデライトに同情していた。

「アデライト様はオスカー様に騙《だま》されていたんだ」

「いや、全て妹のソフィアが悪い！」

そんな話し声が瞬《また》く間に広がる。

その頃アルは、一人でホットドッグを買い、他の参加者の試合をながめていた。

「……ま、ソフィアが一番だな」

あらかた出場者の実力を確認した後、休憩できそうな場所を探して移動する。その時、貴族用の休憩室から話し声が聞こえた。

「あのマカロン家の次女、婚約者には勝ったようだが、どうせすぐに負けるな！　やはりジェイコブ様だろ！　俺はジェイコブ様が優勝するのに、百アイビー賭けるわ」

「そうだなー、あの女は暴力女と噂されてるけど、大したことはない。当然、本命はジェイコブ様だろう。とはいえ、それだとつまらないし、俺はやっぱり――って誰だ！　お前！　ここは平民が来る所ではないぞ⁉」

どうやら、何人かの貧乏貴族が集まり、誰が勝つのか賭けているようだ。アルはその部屋に入り、黙ってソファに座る。

「はあ？　なんで座るんだ⁉」

「俺は女に一万アイビーだな」

「は？　おま、平民の癖にそんな大金、どう用意するんだよ⁉」

アルの挑発的な言動に、苛立《いらだ》つ貴族の子息たち。だが、彼らは何故《なぜ》かアルの圧に負けた。

緊張した空気が漂《ただよ》う。

突然、ゴロンと人参《にんじん》が三本、テーブルに置かれた。

ぴょこんとアルの隣に立ったのは、ツインテール姿の、アメリだ。彼女はソファの上で腕を組み、仁王立《におうだ》ちになる。

「私はね、ソフィアお姉様に人参《にんじん》三本！　ジェイコブお兄様にも人参《にんじん》三本よ！」

アルにはその小さな女の子が誰なのか、すぐに分かった。

「ソフィアの妹か。昔のあいつに似てるな」

話し掛けると、アメリはアルをジロジロと見つめた。どうやら、サングラスにマスクという姿を怪《あや》しんでいるようだ。

「お兄ちゃん、病気？　マスクしてるもの。人参《にんじん》食べる？」

「迷子か？」

「ちち、違うよ！　みんなが迷子で、私は迷子じゃないよ!?　多分ね、悪魔のせいかも！」

「……迷子だな」

ハァとため息を吐《つ》き、アルはアメリを抱き上げてその場を離れようとする。

それを見ていた貴族の子息が叫んだ。

「な、なんだ!?　お前、生意気だぞ！　俺らは高貴な身分なんだ！　お前みたいな平民が――」

「おや？　私もその賭けに参加しようと思ったのに、もう終わりなのかな？」

「「「えっ……」」」

そこに唐突に現れたのが、剣術大会の様子を見に来たルチータ王子だ。

彼の登場にアルは動きを止め、不快感をにじませる。ルチータ王子はその様子を見て、逆にとても嬉しそうな表情をした。

一方、片手に人参《にんじん》を持った状態でアルに抱き上げてもらっているアメリは、ルチータ王子の姿に見入る。顔は真っ赤、目はハート型だ。

「はー!!　ドキむねむね！」

「いや、それ胸がドキドキだろう」

「あははは！　可愛い子だねー！」

「はぁ、もういいや。ここはうるさいから、移動しよう」

ルチータ王子とアルは別室に向かう。

マカロン家の末っ子、アメリはルチータ王子に一目惚《ひとめぼ》れをしたので、おとなしくアルに抱かれている。

そして、ルチータ王子とアルが『何を』話しているのか理解できなかったが、耳を傾《かたむ》けているふりをしていた。

二人はうかつにも内密の話をしていたのだが、アメリはルチータ王子の姿をポーと眺めるのに忙しかったのだ。

ルチータ王子が彼女の熱い視線に気づき、ニコリと微笑《ほほえ》みかける。

「おや。今、聞いたお話は私と彼と君、三人の秘密にできるかな？　どうやら彼は秘密にしたいらしいのでね」

無言で何度もコクコクと頷《うなず》くアメリ。ルチータ王子は「いい子だね」と、アメリの頭を撫《な》でてあげた。

「とにかく……ソフィアの控室に行くか。家族がいるんだから通れるだろう」

アルもアメリに話し掛けるが、彼女は全く聞いておらず、モジモジしながらルチータ王子に質問をした。

「……うぁの！　あの、お、王子さ、まは、す、好きな食べ物はなんですか！」

「「ん⁉」」

キラキラとまっすぐな目でルチータ王子を見つめるアメリ。

その熱い好意の視線に困って笑うルチータ王子を見て笑い出したくなるのを、アルはマスクの上から口を押さえることで堪《こら》える。

「んー……私はそうだな。野菜が好きだね、特に、人参《にんじん》かな」

「ガガガガーン‼」

何故《なぜ》かショックを受けて固まったアメリに、二人は首を傾《かし》げた。

「……それじゃあ」

アメリを抱いたまま、アルは選手控室に向かおうとする。けれど、ルチータ王子が彼を呼び止めた。

「私たちは、待ってるよ」

そう言うルチータ王子に頭を下げて、アルは足を進める。

ルチータ王子は去っていくアルの背中を寂しそうに見つめた。

◇◇◇

「ふぅ……これくらいかしら。次の試合は誰が相手なのかまだ分からない、か」

控室で準備運動をしていると、ドアをノックする音がした。

現れたのは、アメリを抱いたアルだ。

「……珍しい組み合わせね。というより、アメリ、貴女《あなた》、迷子になったのね」

そう聞くと、アルが頷《うなず》く。

「貴族の休憩室の近くをうろうろしていたんだ。小さい頃のソフィアの姿にそっくりだな。すぐに分かったよ」

「アメリ、お父様たちと一緒じゃないの？　……アメリ？　聞いてるの？」

アルに抱っこから下ろされると、壁に手をついて考え事をしているポーズをするアメリ。

謎だわ。

しばらくして、アメリはため息を吐《つ》きながら一人で語り始めた。

「……ふー、恋はね、『大きな障害がつきものだらけさん』なの。そうなの。……ハァ」

うん？　とりあえず元気なのね？　なら、いいわ。

そうこうしているうちに、また私の名前が呼ばれる。次の相手は騎士学校の生徒らしい。

「アル、悪いけど、この子を引き続きお願いしてもいいかしら？　ちょっと今、自分の世界に入ってるみたいだけど」

「ん。了解」

私はまた試合会場に向かう。

私が現れると、また大ブーイングだわ。

「私の相手は……と」

待っていたのは、試合前に私に絡んできた大柄な男性だった。

え、学生さんだったの？　品の欠片《かけら》もなかったしあまりに態度が悪かったので、賞金目当ての荒くれ者だと思っていたわ。

大柄の男性は余裕のある顔で私に剣を向ける。

「さっきの試合はまぐれだ、まぐれ！　ハハ！　ジェイコブ様の妹だからといって手加減しないからな！」

けれど、試合が始まった瞬間。

彼は一撃で倒れ、それはそれは見事な負けっぷりをさらした。

「口ほどでもないわね」

◆　◆　◆

次の試合も、また次の試合も、ソフィアは相手を倒し続けた。観客は彼女の悪口を言いつつも、目は釘づけになっている。

観客席にいるアデライトは、それを見て密《ひそ》かに歯ぎしりをした。

筋肉増強の秘薬を使うよう密かに誘導までしたのに、オスカーは役立たずだ。

アデライトの顔に、先程までの涙は跡形もない。彼女は静かに試合の行方を追う。

「……みんながあの子を見てるなんて！　……あの子もあんなに楽しそうにしちゃって……腹が立つわね」

立て続けに勝っているソフィアは、よくも悪くも目立っている。

ふと控室のほうに目を向けると、プルプルと震えながら「ドン！」と壁に八つ当たりをしているジェイコブが目に入った。

「――なんでだ⁉　今年の奴らはみんな弱いのか⁉　あり得ない！　……ソフィア！　お前は僕たちの言うことを聞いていればいいのに！　素直なあの子が、何故《なぜ》⁉」

苛立《いらだ》ちに任せ、ひたすら壁を叩《たた》いている。

兄のそばにいる父親もまた、次々と勝っているソフィアを見て青ざめていた。

「なんだ！　この馬鹿げた大会は⁉　あいつは、家の恥さらしだ！　ジェイコブ！　お前が教えてやれ！　私は具合の悪いアデライトが心配だからな。アデライトについている。……お前が勝つに決まっているから、試合のことは心配していない。ソフィアについては、少し腕を動かせなくなる程度はしても良かろう」

「フン！」と鼻息も荒く観客席のほうに立ち去る父親を見送り、ジェイコブは黒い手袋をはめる。

「……出来の悪い妹を持つ兄は、苦労をするな」

ハァとため息を吐《つ》く彼を、同じ騎士学校に通う取り巻きたちが応援した。

「いくらジェイコブ様の妹でも、女が準決勝までは来ませんよ」

「優勝はジェイコブ様に間違いないです！」

早々に妹に負けた彼らの言葉を無視して、ジェイコブは剣を握りしめる。

「ふん、妹に負けた奴らが言うな。勝つのは僕、当たり前だ。マカロン家次期当主であり、将来、王の剣となる男なんだっ……ルチータ王子も見に来ている！　絶好のチャンスだからな」

「あわわわ！　ジェイコブ様！　い、妹様がまた勝ちました！　次の試合は……お二人です‼」

「……まぐれだ。まぐれだろう。そうだ」

ついにソフィアが決勝まで進んだ。

観客席にいる人たちは興奮を抑えきれなくなる。

マカロン家の兄妹が闘うのだ。

あの問題児であるソフィアの負ける姿が見られるかもしれない！

「ねえ、正直どちらが勝つかしら？」

「そりゃ、一番強いジェイコブ様だろう。将来有望な人物だし」

だけど、でも、もしかしたら……

銀色の髪の毛を一本に纏《まと》め、キリッと姿勢良く立つソフィアの姿に皆、注目していた。

◇◇◇

ブーイングもなく、静かな会場は少し気味が悪い。

けれど……ようやく、ようやく決勝まで来たわ。

それは――

「……ジェイコブお兄様と闘える日が来るなんて！　記念すべき今日が、いいお天気で良かったです」

私の目の前では、ジェイコブお兄様が既《すで》に剣を握っていた。頭に血が上っているのか、今にも斬りかかってきそうなくらいの圧を感じる。

「……ソフィア！　お前には本当に失望した！」

「あら、失望するのはお兄様の頭の中身にでしょう」

「可愛い妹を守るのは兄の役目だ！　ソフィア！　アデライトを虐《いじ》めたり、他の人を傷つけたりするな！　恥ずかしい奴め！」

「……ジェイコブお兄様の妹は何人でしょうか？」

「馬鹿にしてるのか!?　三人に決まってるだろう！　暴力令嬢とみんなに言われて恥ずかしくない

のか⁉　……だから、僕がお前を止める！　兄として！」

恥ずかしいですよ、本当に。こんな家族を持って。

私は剣を構えつつ、軽く目を瞑《つむ》る。

遠い幼い日、私が足に怪我をした時、ジェイコブお兄様が小さな背中におんぶしてくれたことを思い出す。

『――ヒック……ごめんたい。ジイコブにいさま、だいじょうぶ？』

『ソフィア！　泣くな！　大丈夫だ！　僕がソフィアを守るからな！』

あの時のお兄様は……どこに行ったのかしら？

「ソフィア！　覚悟はいいか⁉」

「ジェイコブお兄様こそ」

とりあえず、この無能な馬鹿兄を正式にボコ……いえ、そうね、目を覚ましてさしあげましょう。

ニッコリ私が微笑《ほほえ》むと、ジェイコブお兄様はまたぎゃーぎゃーと怒り出す。

「ソフィア、後悔するぞ」

「するわけありません」

お兄様が剣を構え、私も剣を構える。

騎士学校でも数々の剣術の大会でも、ダントツでトップの成績を誇るジェイコブお兄様。観客席には彼を慕《した》っている人たちが大勢いて、必死に応援していた。

審判が私とジェイコブお兄様の間に入り、左手を上げて試合開始の合図を出す。

「決勝戦！　ジェイコブ選手、ソフィア選手!!　……っ始め!!」

審判が叫ぶのと同時に、ジェイコブお兄様が攻撃してくる。

ガキィン!!

剣と剣がぶつかり合う音が響いた。

ジェイコブお兄様の剣を受け止めたものの、やっぱりお兄様はお強いわ。少し手首がピリピリするもの。

「……僕の剣を受け止めるなんてね！　でもこれはどうだ!?」

「……っ」

「降参しろ！」

ジェイコブお兄様が更に速い太刀筋《たちすじ》で私を攻撃する。その顔にはまだ余裕があった。

少し腹立たしいわね。

私は剣を握る手にギュッと力を入れた。

◆　◆　◆

その頃アルは、ジェイコブとソフィアの対戦を見に行こうと、アメリを抱えて控室から出た。

彼の服を小さな手でぎゅっと握るアメリに、優しく話し掛ける。

「……二人が心配か？」

「マスク男さんはちょっぴし黙って。私はね、どちらもね、おーえんしてるの」

「……マスク男……。いや、今はそうだけど」

「あのね、マスク男さん、私のお兄様は強いんだよ。『力』ではソフィア姉様は勝てないの。でもソフィア姉様は……もっともっと強いの。バキ！　バサ！　って。でもね、ジェイコブ兄様はドスン！　バコン！　って重いの。ソフィア姉様はヒュンって軽くて――」

ブツブツとそう語るアメリに、マスク男、いや、アルは驚く。

「ソフィアはお前をちょっぴりお馬鹿とか言ってたけど、……よく分かってるな。スジが良さそうだから剣術、習うか？」

「んーん、今私ね、忙しいの！　人参《にんじん》の悪魔と闘ってるから！　無理！」

二人はそう話し、ジェイコブとソフィアの試合を見に向かった。

一方、アデライトと一緒に観戦しているジェイソンは、ソフィアがジェイコブに押されているのを喜んでいた。

「よし！　やれ！　頭の悪い奴には仕置きが必要だからな！　やはりジェイコブが一番強い！しっかり兄の強さを教えてやるんだ！」

「……あら、お父様。私は心配だわ。もし、ソフィアが怪我でもしたら……顔に傷でも残れば、どこにも嫁げなくなるもの」

「アデライト！　お前は優しい子だな……それなのに、あの馬鹿娘は……！」

ジェイソンがため息を吐《つ》いた時、カツンと杖《つえ》の音が鳴る。

「……まったく、何を見てそう判断しているのか。相変わらず思い込みのハゲ……いや、激しい出来の悪い弟だな」

足を少し引きずりながら現れたのは、ジェイソンの兄、シリウスだった。彼の姿を見たジェイソンは顔を真っ青にする。

「な、なななんで、あ、あにあに兄上が、もう、王都に来ないはずでは っ……」

「お父様？　この方がお父様の兄で、変わり者だという――」

「ア、アデライト！　暑いだろ!?　そのまま座って見てなさい！」

ビクビクするジェイソンにシリウスはクスッと笑う。そして、試合中のソフィアを見つめた。

「姪《めい》の試合を見に来ただけだよ」

◇　◇　◇

ジェイコブお兄様の素早い攻撃を何度か躱《かわ》した私は、その攻撃に少し慣れてきた。

余裕が生まれたお陰なのか、周囲の様子が見えてくる。

あら？　シリウス伯父様が来ているわ。私が優勝できるか確認しに来たのね。

観客席に気を取られた私を、ジェイコブお兄様が攻撃する。

「どうした！　全然、攻撃してこないじゃないか！　僕の剣が速すぎて、守りでいっぱいいっぱいになってるんだろ！　いいか！　お前は黙って言うことを聞いてればいいんだ！」

確かに「力」はジェイコブお兄様のほうが上だけどね、そもそも、ご自慢の剣の速さは私にとっては……

「ジェイコブお兄様、遅いのよ」

私はジェイコブお兄様の後ろに跳んだ。お兄様は馬鹿みたいに口を開けて驚く。

続いて、私はぎゅっと強く剣を握りしめて、ジェイコブお兄様の手を目掛けて振る。

ビュン!!

ジェイコブお兄様の手首に軽く刀身を当てた。彼の手から剣が落ちる。

お兄様は落ちた剣を拾おうとするが、私の動きについてこられなくなった。それまでの態度は一転し、焦《あせ》りを見せる。

「なっ!? 動きが見えない!? なんで、いや、僕は一番強いんだ……強いんだ!! 一番!」

それでも、どうにか落ちた剣を拾い、私目掛けて攻撃した。私は当然、余裕でそれを躱《かわ》して、お兄様に微笑《ほほえ》みかける。

「確かに、頭のお馬鹿さでは一番ですよ、ジェイコブお兄様」

「え!? なっ……!!」

カキン!

その時、ジェイコブお兄様の手から再び剣が落ちた。

私がジェイコブお兄様の剣を払いのけたのだ。

お兄様が青い顔で騒ぐ。

「……お兄様。お兄様は何故《なぜ》、私が剣を習っていたか分かります？」

「は!?　そんなこと知らん！　それよりも！　こんなことは認めない！　認めないぞ！」

「守られてばかりではなく、ジェイコブお兄様のように強くなりたかったから。自慢の妹だと喜んでくれると思ったから。だから私は剣を習ったのです」

「ち、ち、ち、違う！　認めない！　認めないぞ!?　僕は王の剣とも称えられる騎士になる男なんだ！　ソフィアァァ!!」

……ま、確かに今は剣を習う理由は違うわね。

ジェイコブお兄様が剣を拾い、それをまっすぐに私に向けた。

バキッ！

その剣を払《はら》い除《の》けて、自分の剣でお兄様を打つ。

「がはっ!?」

「試合用の剣で良かったですね、ジェイコブお兄様。本物の剣でしたら、お兄様はもう死んでましたわ」

「う、うるさい！　くそっ！」

「ビュン！」と再び剣を向けられるものの、私は軽く躱《かわ》す。

信じられないという顔で地面にしゃがみ込むジェイコブお兄様……

私はお兄様に剣を向けたまま言い放った。

「ジェイコブ・マカロン。貴方は王の剣になど向いてないわ」

「……うっ、嘘だ」

会場がザワザワと騒ぎ始める。

当然だ。優勝候補のジェイコブお兄様が負けてしまったのだから。

ジェイコブお兄様は尚も現実を否定している。

「ち、ち違う！　負けるはずがない！　こんなこと……!!　違う!!」

泣きそうな顔。

妹の私に負けたことでプライドがズタズタになったのか、やがて廃人みたいに固まる。

「……嘘だ、嘘だ。僕は……剣で負けたことなんて……ぐっ……」

あら、とうとう鼻水をたらしながら泣き始めたわ。よっぽど悔しいのね。

審判がソロリと近づいてきて、私の腕を上げた。

「……しょ、しょ、勝者！　ソフィア選手!!」

訳が分からないという様子の人たちの中、アメリを抱えたアルだけが喜んでいるのが見える。

「当たり前だ」

私には彼がそう呟《つぶや》いているように思えた。

サヨナラ、ジェイコブお兄様。

◆　◆　◆

ワアァと観客席から興奮する人々の声が聞こえてくる中、ルチータ王子が護衛騎士の一人に声を掛けた。

「ソフィア・マカロン。彼女はとても面白いと思わないか？　僕の妃に欲しい……けど、無理だしねぇ。まあ、剣の腕は確かだし、立派な女性騎士になってもらうのもいいかな。……ん？　何、ずっと黙ってて」

話し掛けられた護衛騎士がジッとルチータ王子を見つめている。

「……我々騎士団の中にも気づいている者が既《すで》に何人かおります。彼女の剣術は、王家の者が学ぶ剣術に似すぎている。ルチータ王子もお分かりでしょう。貴方と剣の構え方が酷似してるんです。ただ……妙なこともある。彼女の構えは、少し古い『型』です。いや、構えも攻め方も守り方も微妙に、貴方より一つ前の世代のもの……珍しい。一体どなたに教わったのでしょうか？　……それが気になります」

不思議そうに話す護衛騎士に、ルチータ王子はクスッと笑った。

「さあ、どこの誰だろうね？　僕も知りたいよ」

「――マスク男さん！　私、もう抱っこされなくても大丈夫だよ？　お父様がさっきいたの！」

「ん。なら、大丈夫そうだな」

アルの腕から下りたアメリは、父親たちのもとへ走り出そうとする。だが、次の瞬間、ピタリと止まりアルを振り返った。

「あのね、私はね、人参《にんじん》とは仲良くなれないけど、仲良くしてみようと頑張ってる。マスク男さんもちゃんとね、ごめんなさいしてパパッと人参《にんじん》食べたほうがいいよ？　じゃあね！」

そう言い残して、今度こそ父親たちのほうに向かう。

その言葉にアルは苦笑いをしつつ、優勝したソフィアに何を御馳走《ごちそう》してあげようかと考え始めた。

しばらくして、目の前に銀色の巻き髪の女性が立っているのに気がつく。

「あの、貴方が、末の妹アメリを見つけてくださった方でしょうか」

その言葉を聞いて彼女がアデライトだと察したアルは、無言でその場から離れようとする。けれど、アデライトの細い手が彼の腕を掴《つか》んだ。

彼女はアルに向かって微笑《ほほえ》む。

アデライトに腕を掴《つか》まれているのを、周囲にいる人間が羨《うらや》ましそうに見た。

「大切な末の妹の面倒を見てくださったんですもの、何かお礼をしたいわ。貴方、お名前は？　ふふ、あまり緊張しないで？　好きなものを遠慮なく――」

「……臭い」

「え？」

アルはアデライトの手を振り払う。

「アンタ、香水臭いから近づかないでくれるか」

アデライトが連れてきた取り巻きたちが、信じられないといった様子でアルを睨《にら》んだ。

これまで一度も男性に拒否をされたことがないアデライトは、しばらく固まっていたが、やがて何事もなかったかのように話し出す。

「とても興味深い方ね」

それを無視して歩き去ろうとするアルに、彼女は不思議そうな顔になった。

「あら？　みんな私を見てくれるのに……貴方は私を見てくれないのね。ふふ、もしかして、変わった女性がお好みなのかしら」

そこでアルはくるりとアデライトを振り返る。

「アンタとは比べられないくらい、とてつもなく凄《すご》くいい女が好きだけど？」

「……そう。でも私は貴方とまたお会いしたいわ」

「いや、無理」

馬鹿にしたような口調の彼に、アデライトは悔しげに唇を噛《か》んだ。

そこへ、ジェイソンまでやってくる。

「アデライト！　あぁ！　そこにいたか！　ん？　その男か！　可愛い我が家の天使を見つけてくれたのは」

アルはジェイソンに向かってペコッと軽く頭を下げた。ジェイソンの横にいたアメリがアルに手を振る。

ジェイソンは身なりを見て平民と判断したのか、アルを小馬鹿にしたような態度をとる。

「ふん、まあ、礼をしないとな！　ははは、どのくらいの金が望みだ？　まあ、君が一年に稼ぐ金以上でもいいぞ――っていない!?　あれ!?　どこ行った!?」

ジェイソンがポケットからお金を出そうとした時には既《すで》に、アルの姿はなくなっていた。

アデライトの取り巻きたちが彼女と一緒に姿を消したマスク男を捜すが、いない。

ジェイソンの隣にいたアメリが父親に教える。

「んーと、シュパパッ！　て、もう行ったよ」

ジェイソンは鼻を鳴らし、苛々《いらいら》した態度を表に出した。息子であるジェイコブがソフィアに負けてしまったことで、元々機嫌が悪かったのだ。

「あのマスク！　人が礼をすると言ってるのに！　まったく無礼な奴だ!!　それにしても、ジェイコブはどこだ!?　あの馬鹿げた試合に負けるとは！　一家の恥だ！　どいつもこいつも！　腹が立つ！」

アデライトとアメリを連れ、ジェイコブを捜すジェイソン。

会場の外に出ると、優勝者であるソフィアの話で持ちきりになっている。

帰ろうとする貴族たちは口々にこう話していた。

「ソフィア嬢って、そもそもそんなに問題のある令嬢なのかしら？　一度お茶会でお会いした時には、おとなしくて気がきく方だったような……」

「おいおい、君まで頭がおかしくなったのかい？　みんなの前で元婚約者をボコボコにしたり、実の兄に勝つ女なんて、僕はごめんだね」

「でもさ、俺、実は少ーしだけ、スカッとしてしまったんだよ。いつもジェイコブ様にパシリにされてる奴や虐《いじ》められたりしている奴もそう言ってた。騎士学校の生徒の半分は、ジェイコブ様をあまりよく思ってないしさ。でも強くて逆らえないし、マカロン家だし……」

「彼女はこの先、どうするんだろうね？　騎士になるのかな」

「あははは！　それはない、ない！　この国では我々男性が騎士になるんだ！」

「いや、でも、ひょっとすると……」

みんながヒソヒソと囁《ささや》くのを、アデライトは静かに聞く。

ジェイコブを見つけられず、ひとまず一家の馬車に乗り込んだ彼女は、ドレスの裾《すそ》をぎゅっと悔しげに握りしめた。

そんなアデライトにアメリが声を掛けようとしたが、怖い雰囲気に気圧《けお》されてやめる。とりあえず、人参《にんじん》を姉の横にそっと置いてあげた。

そして隣に座る、苛々《いらいら》した態度を隠しもしないジェイソンに話し掛ける。

「お父様、……お母様は？　お具合大丈夫？」

「アメリ、母親のことは、今はどうでもいい！　ジェイコブはどこに行ったんだ！　まったく！　アデライト、アメリ、お前たちは良い子でいてくれ」

二人は素直に返事をした。

「分かってますわ。お父様」

「……はぁい……」

――その頃。

例の賭けをしていた令息たちも帰ろうとしていた。

「いやーまさか、ジェイコブ様が負けるとはな！」

「というより、ソフィア嬢ってさ、結構いい身体つきしてるよなあ？」

「あははは、君はそこしか見てないの？　……ヒッ!!　ちょ、後ろ！」

「「えっ？」」

令息たちの背後にマスク姿のアルがいる。

「なななんだ！　お前は！　また急に現れて！」

「賭けをしただろう。一万アイビーと人参《にんじん》三本で」

「「「はい!?」」」

アルは三人にソフィアは強く、その実力を疑うような行動はするなと、強く脅《おど》しつけた。

——とある令息三人が剣術大会の夜、急いでお金と人参《にんじん》を沢山《たくさん》用意したことは、アルしか知らない。

◇　◇　◇

剣術大会が終わった後。

私は真っ先にアルのもとに向かった。

彼は会場から少し離れた場所で私を待っていてくれた。

「アル！」

声を掛けると、私に気づく。

「ソフィア、優勝おめでとう」

何故《なぜ》か彼は、少し落ち込んでいるようにも見えた。

どうしたのかしら？

「……アル、何かあった？」

「ん、いや……なんかソフィアは凄《すご》いなって……俺も頑張らなきゃいけないと思っただけ」

アルは私が質問を続ける前に話題を変える。

「お祝いに今晩は奢《おご》るよ。何が食べたい？　向こう通りの宮廷風のレストランでもいい」

「あそこは高級よ？　アル、そんなにお金を持っているの？」

「ん。臨時収入の予定があるから大丈夫」

臨時収入とは何かしら？

アルは花屋で働いてるけれど、さすがにその給料では、あのレストランは無理だろう。それに私が食べたいのは高級料理ではない。

「私はアルのサンドウィッチや手料理が食べたいわ。それが私にとって一番の御褒美《ごほうび》だもの」

そう答えると、アルは照れくさそうに笑った。

「了解。トマトは沢山《たくさん》あるし、ジャガイモもあるからスープにするか」

「クリームがいいわ！　アルのお父様のスープも美味《おい》しいのよね」

「ハイハイ、仰《おお》せのままに。ソフィアお嬢様」

「それと、執事姿のアルをまた見たいっ」

「それはやだ」

私たちはそんな話をしながら、アルのお店に向かう。

そして、アルとアルのお父様が優勝の御褒美《ごほうび》だと言って作ってくれた、大好きなトマトが沢山《たくさん》入ったサンドウィッチを二人で食べた。

シャキシャキしたレタスと甘いトマトが沢山《たくさん》入っているサンドウィッチ！

「美味《おい》しいわ！　ありがとう！　私のために、こんな御馳走《ごちそう》を用意してくれて」

「……どういたしまして」

嬉しくて、私はアルに微笑《ほほえ》みかける。アルのお父様が遠慮がちな声で、ぼそりと呟《つぶや》いた。

「二人ともー俺もいるよー？　もしもーし？」

——その頃、マカロン家では、ジェイコブがいないと騒ぎになっていた。

だが、ソフィアがそれを知るのは、美味《おい》しい料理を食べ終えて屋敷に帰った後だった。

第五章

「ソフィア！　お前は、ジェイコブに勝ったからといっていい気になるな！　何故《なぜ》、私の言うことを聞かない！　馬鹿者が！」

「……帰って早々、何を騒いでるのですか、お父様？」

優勝おめでとうとか、そんな一言もないのよね。

どうやら、ジェイコブお兄様が私に負けた後、行方不明になったらしい。

いいや、昔から何かあると、ジェイコブお兄様はどこかに雲隠れしていた。今回もそうだと思うんだけど……

「だ、旦那様！　ジェイコブ様からこのようなメッセージが！」

慌てた様子でメイドの一人が一枚の紙をお父様に渡す。

『捜さないでください』

ジェイコブお兄様の字でそう書かれている。

それを見たお父様は激昂《げっこう》した。

「捜さないでくれだと!?　妹に負けたからといって失踪《しっそう》するなんて馬鹿げてる！　まだ遠くに行ってないはずだ！　捜し出せ！」

「その必要はないよ。ジェイソン」

激しい勢いで屋敷の使用人たちに命令するお父様の前に、突然現れたシリウス伯父様が立ちはだかる。

屋敷内の空気は完全にピリピリしたものとなった。

「な、な、な、なんでこの家に⁉」

「そのメッセージを持ってきたのは私だ。君の息子は私の屋敷で引《ひ》き篭《こも》り中だよ。正直、外に出したら何をするか、分からない状態なんでね」

「な、なんの権限があって、そんなことをするんだ‼　ジェイコブは私の息子だ！　私がきっちり鍛《きた》え直してやる！　ジェイコブは次期当主なのだから！　……あ、兄上はいつだってそうやって自分が上だと、見せつけて！」

「見せつけてなどいない。まだ分からないのか？」

「うっ……」

お父様はシリウス伯父様が苦手なのかしら。とても怖がっている。

本来、マカロン家の当主になるはずだった人の登場に、屋敷の使用人たちも『この人に逆らってはいけない』と本能的に察しているみたい。

シリウス伯父様は私のほうに視線を向けた。

「ソフィア、君は確かに剣の腕が良いみたいだね。約束通り、騎士学校への編入申込書にサインをしておいたよ」

「え？　申込書を受け取ってくれてすらいなかったのに、お早いですね」

シリウス伯父様の後ろに控えている執事が、以前、伯父様に突き返された申込用紙をとっておいてくれたみたい。

「騎士学校に入って頑張りなさい」

「……ありがとうございますっ」

嬉しい……本当に嬉しい！　騎士学校へ通える！　早くアルに知らせなきゃ！

伯父様と話していると、お父様が間に入ってきた。

「騎士学校だと⁉　はっ⁉　なんだ、それは！　何故《なぜ》ソフィア、お前が通うのだ！　駄目だ、駄目だ！」

「お父様、もう書類も揃いましたので、なんとおっしゃっても私は通います」

「か、金は出さんぞ⁉　ソフィアはアデライトと同じ学園に通っているじゃないか‼」

「あ、お金の心配はいりません。剣術大会の優勝者には賞金が出ます。その賞金に私がコツコツ貯めていたお金を足せば、充分ですので」

「自分勝手な娘だ！　私は大切にお前を育ててだな――」

「お父様が大切に育てているのは御自分の髪の毛だけでしょう」

私の言葉に、お父様は頭を抱え、フラフラとよろける。

「なんで、こんなふうになったのか……母親の教育のせいか！　まったく頭が痛い……‼　私の髪の毛にも悪い影響が出そうだ！」

そう喚《わめ》きながら、自分の部屋に戻っていった。

シリウス伯父様がハァとため息を吐《つ》く。

「私も帰るよ」

伯父様は我が家とは絶縁したはず。なのに、お馬鹿なジェイコブお兄様に逃げ込む場所を提供するなんて……

「シリウス伯父様は……意外と甘い方なんですね」

そう指摘すると、伯父様は目をぱちくりする。そして、コホンと咳払《せきばら》いを一つして、口を開いた。

「……そんなことより、一つ気になっていたんだが、君の剣術は誰に教わったんだ？」

「友人ですわ」

「そうか……」

シリウス伯父様はしばらく考え込んでいたが、何か言うことはなく、自分の住む村に帰っていく。

何故《なぜ》、あんなことを聞いたのかしら？

でも、確かにこの先、剣術の腕を高めるには師が必要かもね。ジェイコブお兄様にもいるし。

私は自分の未来について想像を膨らませた。


剣術大会から数日が過ぎ、私はとうとう念願の騎士学校へ通うこととなった。

ジェイコブお兄様は当分、お休みするみたい。

シリウス伯父様の家に引《ひ》き篭《こも》って、何をしているのかしら。

一瞬気になったものの、すぐに忘れた。

だって、騎士学校の制服がとても素敵だったから。スカートではなく動きやすいタイトなズボンに、紺色のジャケットは、シンプルな作りで、私好みだわ。

うきうきした気分で私が騎士学校の門に向かって歩いていると、何故《なぜ》か学生たちがサアァと両脇に避けて綺麗な道を作る。

「ソフィア・マカロンだぞ」

「優勝した……あの？」

「だ、誰か声掛けてみろよ」

「あ、歩いてるぞ！」

……いや、普通に歩くわよ？　私を化け物かなんかと勘違いしてない……？

いや、彼らの態度を気にするのはやめよう。

自分のやりたいことを決め、その道を進んでいるのだ。少しは自立に向かって前進した気がする。

「これからがとても楽しみだわ」

私は張り切って教官室に行き、自分が編入するクラスを教えてもらった。

「……私はＦクラスね」

自分のクラスに向かう途中、男子生徒三人と女子生徒二人が何やら言い争いをしているのを見かけた。

お父様たちは女性が騎士を目指すなんて変だと言っていたが、女子の制服がもともとあったことからも想像できる通り、騎士学校にも少数とはいえ女子学生がいるようだ。

「私以外にも女子生徒がいるのね……」

一人は薄い緑色の髪を三つ編みにしている子。もう一人は、茶色の髪に分厚い眼鏡をかけている子だった。

「だから、聞こえなかったのかしら！　あそこは先に私たちが剣術の練習に使ってた場所よ⁉」

「そーよ！」

彼女たち二人は、三人の男子学生に立ち向かっている。

どうやら、先に使っていた剣の練習場所を男子学生に無理やり奪われそうになって怒っているようだ。

「あの……順番は守るべきでは？」

私は彼らの仲裁をするべく、割って入る。すると、男子学生三人は、何故《なぜ》かこちらを見て青ざめた。

「ぎゃ‼　す、す、すみません！　この世で一番強いのは、ソフィア様です。もう賭け事はしないです！」

「もう逆らわないので、人参《にんじん》で勘弁してー！」

「お、俺たちはまた今度でいいです！　それじゃ！」

「……人参《にんじん》？　賭け？　ごめんなさい、ちょっと意味が分からな――」

最後まで話す前に、男子学生たちは走って逃げていく。

賭け事と人参《にんじん》とはどういうことかしら……

女子生徒のほうを振り向くと、彼女たちは口をポカンと開けたままこちらを見つめていた。私を少し怖がっている気がする。

「えっ……と……、ソフィア様、ですよね。本当に……騎士学校に編入されたんですね……」

「……本物……」

二人が困っているみたいだから、私はこの場を離れたほうが良さそうね。

「ごめんなさい、部外者なのに間に入ってしまいました」

頭を軽く下げ、踵《きびす》を返そうとする。

けれど、三つ編みの令嬢が頭を横に振って、私の手を握った。

「え、ちょ、ちょ、ちょっと待って……ください！　あの、ありがとうございますっ！」

「騎士学校で女生徒って肩身が狭くて……だから、少しだけ、いえ、助かりました！」

必死で私にお礼を言ってくれる。

私は二人の気持ちが嬉しかった。

久しぶりに誰かにお礼を言われたのだ。本当に嬉しい。

「私はソフィア・マカロンと申します。どうぞよろしくお願いします」

ニッコリ微笑《ほほえ》むと、二人は何故《なぜ》か不思議そうな顔をする。

「噂と全然違うわ！　誰よ！　目を合わせるとフルボッコにされるなんて言ったのは」

「……私は平民だから、こ、高貴な方すぎて……直接、話し掛けられると、緊張で口から心臓が出そうぅー」

しきりに興奮していたものの、しばらくして落ち着きを取り戻した。騎士のように胸に手を当てて挨拶《あいさつ》をしてくれる。

「私は一年Fクラスの、ペゴニア・キリシアンです！」

「お、おおおおっ、おっ、同じく一年のカンナです」

騎士学校初日。こうして私は同じ学校に通う女子生徒二人と知り合いになった。まだよく分からないけれど、悪い子ではなさそう。

ただ、やっぱり騎士学校では女子生徒は肩身が狭いみたいね。

その後。

クラスメイトだと分かったペゴニア・キリシアンさんとカンナ・ハルシオンさんが教室まで案内をしてくれることになる。

「向こうにある塔は図書室なんです。私たち学生が稽古場に使っている場所が、あちらに見える南の建物。あ、あそこは食堂です。お肉料理が美味《おい》しいらしいんですけど……」

「あの、クラスメイトなんだから、敬語はいらないわ。それと『らしい』って？　まだ行ったことがないってことなの？」

そう聞くと、二人はコクンと頷《うなず》いた。

なんと、女子生徒は食堂へ入りづらいと言う。

食堂だけではなく、練習場所も、女子が使えるものは限られているようだ。

三つ編みのペゴニアさんは食堂でお肉を食べたいのに、入りにくい雰囲気のせいで行けないと嘆《なげ》いた。

「私たち以外にも女子生徒はいるの？」

私の質問に、分厚い眼鏡をしているカンナさんが答える。

「ハイ、あ、う、うん！　いるよ。先輩が一人いるんだけど、今は留学中なの」

と、いうことは……今、学校に通っているのは私たち三人だけのようね。

ペゴニアさんが私のほうを見て首を傾《かし》げた。

「あの、さ。私は男爵家の出身であまり裕福じゃないから、沢山《たくさん》いる兄弟たちのためにこの学校に入って騎士になって働こうと思ってるんだよね。けど、ソフィアさんにその必要は、ないよね？どうしてここに来たの？」

「騎士になりたいと思ったからよ」

「「なんで⁇」」

二人とも、グイグイと質問してくるわね。

確かに騎士になれば将来が安定し、それなりに稼げる。女性騎士は男性騎士のサポートで表に出る仕事はほとんどしないけれど、それでも他の仕事よりは……

「自分がどこまでやれるか知りたいの。それに騎士になれば、この国の人たちを守れる。それは誇らしいことだし、なんだか格好いいじゃない？」

「そんなものなのかしら。だって……ソフィアさん、平民ですら、ソフィアさんをあまりよく思ってない人がいるんだよ？　ソフィアさんの家は有名だし。話したくないとか、目を合わせたくないとか、言われてて……」

「でも二人は私と話してくれて、こうして教室まで案内してくれてる。嬉しいことね」

私がニッコリ笑うと、二人は頬を赤らめた。

二人の案内で、無事に教室に着く。

やっぱり、教室の中はザワザワとし始めた。

「……え、おい、来たぞ……」

「優勝した、あの……ジェイコブ様の妹だ……」

「本当に編入したんだ……何、考えてるんだ？」

私はペゴニアさんたちに迷惑かけないように離れて、空《あ》いている席を目指す。けれど、二人が慌てて私の手を引っ張ってくれた。

「ちょちょちょ！　こっちにいなよ!?」

「だ、だ、だ、駄目です！　せっかく仲良しになれそうなんですから！　あ、なんだから！」

「…………ありがとう……」

この二人は噂に惑《まど》わされず、ちゃんと私を見てくれる。

いつもアデライト姉様の後ろに控えていた私は、前の学校では誰とも関わりがなかった。

何か良いことをしても、アデライト姉様の手柄になって、注目されることもなかったし。

……やっぱり、学校だけでも姉様と別にして正解ね。

アルに早く話したいわ。素敵な二人と出会ったことを報告したい。

三人で照れながら話をしていると、先程の逃げていった男子学生三人が教室へ入ってくる。彼らは私を見るなり、悲鳴を上げた。

続いて、ガラッと音を立てて扉が開く。

「んんー、静かにしてくだーさあい！　ハイッと！　ありゃ、入れひゃが」

先生が教室に入ってきたのだ。

ヨボヨボで髭《ひげ》が長いこの男性が、本当に剣術を教えられるのか疑わしい。けれど、私でも知っているこの先生、経歴は凄《すご》いのよね。

チャーリー・マクシリア。

先々代の騎士団長だった彼は王の剣と呼ばれ、今は亡き前国王、アレク王の護衛騎士も務めていた。……今は入れ歯と闘っているみたいだけど。

「ひょし、入れ歯オッケーじゃ！　さあ、そろそろ授業を始めるぞい！　おっと、その前にアレじゃ。アレがアレじゃ。アレ？　なんだっけ……」

「チャーリー先生ー！　ソフィアさんが今日編入してきたんですよ」

ペゴニアさんが大きな声で先生に教えた。チャーリー先生はそれで思い出したのか、ヨロヨロと私が座っている席に近づいてくる。

「ふぉっふぉっ！　ようこひょ、いや、ようこそじゃ。うむ。ようこそ、騎士学校へ！」

先生から歓迎の言葉を貰《もら》い、私はクラスのみんなに挨拶《あいさつ》をした。

その後は二年の先輩と実技の合同授業だった。

みんな練習場へ向かいながら、暗い顔になる。ペゴニアさんとカンナさんも、だ。

「ペゴニアさん、カンナさん、あの……何故《なぜ》みんなは暗い顔をしているのかしら……」

そう聞くと、カンナさんが分厚い眼鏡をクイッと上げた。

「え、えっと、あの、あ、わ、私たちFクラスはですね、あまり実力がない者たちだらけなんです！　よ、要するに、弱っちぃのです！　で、い、い、いつも二年の先輩に嫌味を言われ、やられっぱなしなんです！」

「あーあ。私なんて、この前、女だから手加減してやると言ってきた先輩に、ゲラゲラ笑いながら脇腹をやられたわよ。思い出しただけで、腹が立つわ。でも私たちはまだ可愛いものなの。ほら、ソフィアさん、クラスの男子たちを見て。死んだ目をしてるでしょう」

先程、人参《にんじん》とか賭け事とか、訳の分からないことを言って騒いだ男子学生三人も、顔を真っ青にしている。

そんなにキツいのかしら？

練習場に着くと、既《すで》に二年の先輩たちが待っていた。

「一年！　遅いぞ！　弱いくせに！」

「ははは！　また俺たちが教えてやるさ」

そう高笑いをする。

けれど、私の存在に気づいた途端、全員こちらを睨《にら》みつけて叫んだ。

「ジェイコブ様の妹か！　……ジェイコブ様は、なあ！　傷ついたんだからな!?　お前、どう責任を取るんだよ!?」

「更に傷つくくらいなら、確かに引《ひ》き篭《こも》ってるほうが良いかもしれませんわね」

「はー!?　なんだと！　腹が立つな！　アデライト様は花の女神のような女性なのに、お前は悪魔みたいだな！　まあいい、一年全員鍛《きた》えてやる！　まずは男子からだ！」

そう言って、二年生はFクラスの男子学生たちをみっちりと扱《しご》き始《はじ》める。

「痛《いた》っ！　や、やめてください！」

「ガハッ！」

……何故《なぜ》、合同授業なのに一方的に二年生が、しかも二人がかりで一人の男子学生を蹴ったり殴ったりしているのかしら。

これが騎士学校？　これが、将来王に仕え、国のために働く騎士……？

「……嫌だわ」

チラッとチャーリー先生のほうを見ると……椅子《いす》に座って気持ち良さそうに寝ている。漫画みたいに、鼻提灯《はなちょうちん》まで出していた。

ポカポカの天気で昼寝日和《びより》ですものね……

「ハイ！　次はお前な！　将来の騎士は強くなくちゃなあー！」

「ヒッ！」

私は次の一年生に手を出そうとしていた二年の男子学生の腕を掴《つか》んで止めた。

「……は？　ちょっと大会で優勝したからといっていい気になるなよ。生意気だぞ」

「これは指導でもなんでもありません。ただの嫌がらせですわ。先輩方」

シンと辺りが静かになる。私の後ろに控えていたペゴニアさんとカンナさんが慌てた様子で前に出て、先輩に謝った。

「あ、あの、すみません！　ソフィアさんは、今日編入したばかりで――ってちょ!?　ソフィアさん!?」

私は倒れている男子学生が持っていた練習用の剣を拾い、先輩に向かって構える。

「生意気なのは認めます。でも……その生意気な女に全員やられる、なんて……恥ずかしいですよね」

「ハッ！　俺たち全員の相手をする気か？　なら、怪我しても文句言うなよ!!」

剣を向けられた二年生が苛立《いらだ》った口調でそう言い、その場にいた二年生が一斉に私に向かって剣を構えた。

次々に剣が振り下ろされるが、どれもこれも遅い。

私は余裕を持って全てを躱《かわ》し、先輩方を打ち負かす。

「……弱いわね」

そう呟《つぶや》く私に、クラスメイトたちが羨望《せんぼう》の眼差《まなざ》しを向ける。

「……嘘、勝った⁉　全員倒した⁉　え、一瞬！」

「綺麗な動きだった！　す、すご」

ペゴニアさんとカンナさんが興奮した様子で私のもとに駆けつけた。

「ソフィアさん！　何あれ！　何あれ！　凄《すご》すぎるよ！」

「わ、わ、わ、私、いっ、一瞬しか見えませんでしたが、す、凄《すご》いです！」

次の瞬間、「ワァ！」とクラスの男子学生たちも喜びの声を上げる。例の三人組にいたっては顔を赤らめながらこう宣言した。

「「「これからソフィア姉さんと呼びます！」」」

それは御遠慮したい。

「やめて」

「なら、これから人参《にんじん》料理を献上します！」

だから何故《なぜ》、人参《にんじん》なのよ。

その日。

私はクラスメイトたちから姉さん呼ばわりされることが決まる。

そして、とある貴族の男子学生三人により密《ひそ》かに『ソフィアと人参《にんじん》を愛する会』という変なファンクラブが結成された。

ワァワァと騒ぐFクラスの生徒たちに気を取られていた私は、居眠りをしているはずのチャーリー先生が入れ歯を直しながらこちらを見つめているのには全く気づかなかった。

「……ふぅむ。あの構えといぃ……あの剣の使い方は……あ、入れひゃが……」

そんなふうに呟《つぶや》いていたことも――

こうして私の騎士学校初日は終わった。


「――と、いうわけなのよ。アル」

「いや、ちょっと意味分からない」

「私もよ」

放課後。

早速アルの店に行き、今日起きた出来事を話す。

アルは私の頭をポンと優しく叩《たた》いた。

「でも、頑張れそうだな」

「えぇ、そうね。今度ね、その……お友達を紹介するわ。二人ともとても素敵な子よ」

「ん。了解」

◆　◆　◆

――ある貴族たちが話していた。

「聞いたかい？　騎士学校の事件……上級生が下級生や平民を日常的に虐《いじ》めていたみたいだよ。それをマカロン家のソフィア嬢が止めたらしい」

「え？　あの暴力令嬢と噂の？」

「そうなんだよ。ハァ、虐《いじ》めなんて、貴族出身者の騎士学生がやることじゃないよな。やめてほしいよ。これだから貴族はーとか言われる」

王都内はここのところ、ソフィアの話で持ちきりだ。

騎士学校に通っている平民の中にソフィアのクラスメイトが何人かおり、彼らから話が広まっている。

「じゃあ、彼女はクラスの子を助けたんだな」

「とてもカッコ良かったらしいじゃないか！　誰だ？　平民を馬鹿にする冷たい令嬢だとか言ってたの。それにしても、今の騎士学校の生徒はなんだかなー。昔は好青年ばかりでカッコ良く、憧《あこが》れてたんだがな」

そんな王都に店を構える高級ブティックの前に派手な馬車が一台、停まった。

馬車から降りてきたのは、銀色の髪を巻いて綺麗に着飾ったアデライトだ。彼女の美しさに通りかかった王都の人々は見惚《みと》れる。

アデライトはそんな彼らにニッコリと微笑《ほほえ》みかけた。

「あ、あ、あのお姫様様！　花を、買ってください！」

見すぼらしい格好の小さな男の子が花を売りに来る。アデライトはその男の子に金貨一枚を渡し、一輪の花を買った。

くる。

「あらっ、まあ！　素敵なお花ね。ありがとう」

男の子や周りにいた人たちはアデライトの笑顔にやられる。

そんな人々を尻目に、彼女は店の中へ入った。すぐに黄緑色の髪をした店の支配人が挨拶《あいさつ》に出てくる。

「いらっしゃいませ。花の女神アデライト様が我が店に足を運んでくださるとは！　光栄です」

「ふふ、たまにはお店に伺うのもいいかなと思って。ここのお店は、ドレスや宝石だけを扱ってるわけではないのでしょう？　……実は、ある男性を調べてほしいの」

アデライトは山とある金貨を支配人に見せた。彼は頭を下げて、アデライトを別室に案内する。

途中、アデライトが先程買った花を人から見えない場所で捨てた。

だが、案内された部屋に入ろうとした直前に、声を掛けられる。

「おや、その一輪の花が悲しむんじゃないかな？　美しい花の女神アデライト嬢」

彼女に声を掛けたのは――王都の視察をしていたルチータ王子だ。

突然の王子の訪問に店の支配人は慌てる。彼はアデライトに「また後ほどお話をしましょう」と断りを入れてから、ルチータ王子に挨拶《あいさつ》した。

数分後。

――ブティックからアデライトとルチータ王子が仲睦《なかむつ》まじい様子で出てきた。麗《うるわ》しい二人の姿に、王都中の人々が見惚《みと》れる。

「お似合いだわ」

「今、アデライト様は傷ついてるみたいだから、ちょうどいいのかもしれないな。ほら、元婚約者が……」

「ルチータ王子といい感じじゃないか。もしかして、王子はアデライト様を婚約者にと考えてるのでは！」

その姿を、買い物帰りのアルが呆《あき》れた顔で見つめる。

「……何やってんだ。アレは……」

そう呟《つぶや》いて、彼は自分の店に帰った。

◆　◆　◆

「——しょ、しょ勝者！　ソフィア選手！」

その瞬間、僕は負けた。

負けて頭が真っ白になった。

妹に負けた。

一番強いのは僕だったのに。

絶対勝つのは僕だったのに。

彼女に勝つ自信はあった。

だって、自分は剣の才能に恵まれていると信じていたから。

それなのに負けた。

途端に周りの目が怖くなり、そこから逃げてしまう。

同時に、今まで考えたこともない疑問が頭に浮かんだ。

僕は……なんのために強くなろうとしていたのだろうか？

『ジェイコブお兄様』

『ジェイコンブ兄たま』

舌足らずな、幼女の声を思い出す。

そうだ。小さな頃の僕は、可愛い二人の妹を守れるようなカッコいい兄でいたかったんだ。

加えて、僕の『趣味』を小さなアデライトが嫌がった。

「……ジェイコブお兄様、その趣味は変ですわ。男の方が編み物をするのはカッコ悪いですっ」

可愛らしく頬を膨らませ、父と母に僕の趣味を告げ口したアデライト。

「えー!?　そっかあ……残念だ。カッコ悪いから、駄目なのか」

可愛いぬいぐるみを作るのはおかしなことだと、父と母に叱《しか》られる。

可愛らしいものは妹たちに。

甘くて美味《おい》しいお菓子も我慢するのが正解だ。

次期当主である僕は強くてカッコ良くならなければならない。

自慢の兄にならないと！

親の期待にも応《こた》えてあげたい。

だから、編み物はやめた。

そして親の希望通り騎士学校に入学する。

その頃には、周りが僕を敬《うやま》うようになっていた。天才だと言われ、みんなの喜びや国のために王の剣となるのだ、と思い込む。

だけど……いつからだろうか？

ソフィアが下を向くようになったのは。

僕たちは手を繋いで一緒にいたのに、いつの間にか彼女は三歩、四歩、と後ろにいるようになった。

どこからか、間違えてしまった？

いや、間違ってなどいない。

だって、間違いを認めると……あの弱々しかった妹のソフィアは、実は僕以上に気高く美しくて強い。そう認めることに……

そんなことを認めれば――

「……僕がなんのために頑張っていたのか、分からなくなるじゃないか……」

僕は大会会場でたまたま見かけたシリウス伯父様の屋敷に引《ひ》き篭《こも》ることにした。

父と絶縁しているはずのシリウス伯父様が、何故《なぜ》かそれを了承してくれたのだ。

引《ひ》き篭《こも》り生活一日目。

剣のことなど忘れた僕は、心の底からホッとした。

変なプライドも跡形もなく消えている。

大好きな甘くて可愛い形のお菓子に囲まれて趣味の編み物を無我夢中で楽しんでいる僕を見たら、家族は幻滅するだろうか。

でも今は、自分の気持ちや周囲の視線から逃げたくて、大好きだった編み物にただすがるしかないんだ。

強さって……なんだろうか。

守りたいものって……なんだろうか。

分からなかった。

◇◇◇

騎士学校へ通う私をお父様はまだ認めていなかった。どころか、最近では顔を合わせていない。

お母様とも全く会っていなかった。

アメリとは一緒にピアノのレッスンに行っていることがあるみたいだから、お母様が私を避けているのだろう。

お母様は騎士学校の制服を着た私を見たくないと嘆《なげ》いているそうだ。

仕方がないことなので、私はなるべく気にしないようにしている。

本日も制服に着替えて一人、学校へ向かおうとした時、珍しくアデライト姉様がやってきた。

「あら、おはよう。ねぇ、アメリが寂しがってるわ？　朝食くらいはみんなで一緒に……あぁ、でも今は、ジェイコブお兄様は伯父様の家に引《ひ》き篭《こも》って、お父様は仕事でお忙しいし、お母様は……貴女《あなた》を避けているんだったわ。家族みんなバラバラね」

「……そうですね」

アデライト姉様と話したいことは私にはない。

姉様は私に敵意を向けているから。

「ねぇ、ソフィア。誰のせいかしら？　こんなに家族がバラバラになって」

「……元々バラバラだったのでしょう」

そう答えると、アデライト姉様はクスクス笑った。

「ふふふ、ソフィアはお転婆さんなのね。自分のやりたいことを見つけて楽しそう。でも、自分だけが楽しい思いをしてるのは……とてもずるいことよ。だから、私も楽しむことにするわ」

「……？　どうぞご勝手に」

言うだけ言ったアデライト姉様は、馬車に乗って学園に向かった。

……なんだか嫌なことが起こりそうな予感がする……いえ、きっと気のせいよね。

「――ねぇ、ソフィアさんはどうして家からここに通ってるの？　私たちと同じ寮に住んだら、楽でしょうに」

「え？　でも家が王都内にあるし……学校の寮とはいえ、お金がもったいないわ」

騎士学校の授業が終わった後。ペゴニアさんとカンナさんの疑問に私が答えると、二人はとても驚いた。

「ソッ、ソフィアさん。あの、あの、ソフィアさんは貴族令嬢なので、お金の心配なんていらないはずです！」

結局、敬語をやめられなかったカンナさんは、分厚い眼鏡をかけ直しながら話す。

私は自分で貯めたお金と剣術大会で貰《もら》った賞金でこの学校の費用を賄《まかな》っていることを二人に打ち明けた。すると彼女たちは私の手を握って応援してくれる。

「やっぱりどの親も程度の差はあれ、反対するものなのかもね。少なくとも積極的に娘を騎士学校に行かせたいとは思わないだろうし。私も母親には凄《すご》く反対された！　でも最終的に、私が口喧嘩《くちげんか》で勝ったのよ！」

ペゴニアさんの口調は力強い。

その時、ふとカンナさんが話を変えた。

「も、ももう少しで母の日です！　私は母に手作りジャムを贈る予定なのですが、お、お、お二人はどうされるのですか？」

……あぁ。母の日か。

毎年アデライト姉様と一緒にプレゼントを渡していたけれど、お母様は決まってアデライト姉様にだけお礼を言うのよね。

それでも私は母に褒められたかったんだ……

二人と別れた後。

私はアルの店に行った。

ちょうど彼はお店を閉めようとしているところだった。

「アル！」

「お疲れ」

私たちはいつも通り、ホットドッグを買ってベンチに座る。

それを食べながら、今日学校であったことなどを話した。アルは黙って私の話を聞いてくれる。

「――それでね、母の日の話が出たの」

「そうか。ソフィアは今年もプレゼントを買うわけ？」

「買わないわ。今、避けられてるし」

私はホットドッグを一口食べる。

そんな私の頭をアルはポンポンと叩《たた》き、励ましてくれた。

「……私、小さな子供じゃないのよ」

「だな」

意地悪な顔で笑うアルが、近頃、少しだけ……気になっている。

そのせいか、これまで意識していなかったことまで、知りたくなった。

昔からアルは私の話を聞いてくれるけれど、彼自身については何も口にしない。悩み事も……そういえば、母親の話も、聞いたことがないのだ。

でもなんとなく、彼について質問しても良さそうなタイミングがないのよね。

「ねえ、アル……」

「ん？」

「いつも話を聞いてくれてありがとう……。アルも悩みがあったら、言ってね？　私はいつだって味方よ」

そう私が言うと、アルはただ笑ってくれた。


その日。

あまり手入れをしていない家の裏庭で、私は剣の練習をしていた。

ジェイコブお兄様が使っていた稽古場もあるのだけれど、私は私のやり方で練習をしたほうが良さそうだと考え、雑草だらけのこの場所を選んだのだ。

「……気づかなかったけど、ここも剣の練習場だったのかしら」

自分が使えるようにある程度片付けたところ、誰かが使っていたらしき痕跡がちらほら見つかった。

一体、誰が使っていたのだろう？

アルに教えてもらった通りに練習し続けていると、わずかな髪をなびかせたお父様が現れた。私が剣の練習をしているのを見て、プルプルと身体を震わせる。

「ソフィア、何をしているっ!?」

「何って、剣の練習を――」

「何度でも言うが、女が剣を振るなんてくだらん！　後で泣くことになるぞ！　いいか！　私は絶対認めんからな！」

そんなふうに叫びたいだけ叫んで去っていった。

相変わらず私が剣を握るのが嫌みたい。認めさせるのは難しそうだ。

私はこっそりため息を吐《つ》いた。

その夜。

私は久しぶりに家族と夕食を共にした。

アメリが最近、元気がないみたいで気になったのだ。

あまり構ってあげられていなかったし、好き嫌いをしていないかチェックもしないとね。

夕食の席にはジェイコブお兄様もお母様もいない。お父様とアデライト姉様、アメリと私、四人だけだ。

お父様は気持ち悪いほど上機嫌で、ワインが入ったグラスを片手に持ち、アデライト姉様に話し掛ける。

「ふははは！　来週、王家主催の大規模なお茶会が開かれることになった！　この意味が分かるな？　アデライト」

「ふふ、分かってますわ。ルチータ王子の婚約者候補選びですわね。それと、ルチータ王子の側近の選定も……かしら？」

「そうだ！　さすがはアデライトだな！　アデライト、最近はおかしなことばかりが起こって不安だろうが、ルチータ王子はお前を気に入っている！　未来の王妃はお前に決まっているが、ぬかりないよう頑張れ！」

ルチータ王子もアデライト姉様の美しさに惹《ひ》かれているのかしら。確かに最近、二人が会っていると騎士学校でも噂になっているわね。

「や、やだわ。お父様ったら！　まだ私とルチータ王子はそんな関係では……」

顔を赤くして話すアデライト姉様に、お父様はウンウンと頷《うなず》く。

「いーや！　ルチータ王子はアデライトを王妃に、と考えている！　私には分かる！　はっはっ！　そうなれば我が家は安泰だ！　ソフィア、見習うべきだぞ！　アデライトのように少しは奥ゆかしくなるんだ。剣ばっかり握っていては嫁に行けんぞ！」

私を小馬鹿にするお父様。

アデライト姉様が私の顔を見てクスッと笑った。

向けられる悪意にかちんとくる。

「アデライト姉様が王妃になんてなったら、この国は終わりですね」

そう言うと、今まで笑っていたアデライト姉様の眉がピクピクと動いた。

また何か言ってくるかしら。

私が姉様の攻撃に構えた時――

「あのね、ルチータ王子様はね、人参《にんじん》が大好きなのよ！」

テーブルを叩《たた》いて立ち上がったアメリが、鼻息も荒く叫んだ。

ルチータ王子が人参《にんじん》好きという情報が本当なのかどうか知らないが、本当だとしたら、何故《なぜ》アメリが知っているのかしら？

アメリはお父様とアデライト姉様に必死で主張する。

「アデライト姉様は人参《にんじん》、嫌いでしょ⁉　仲良しはあり得ないの！　ルチータ王子様のお姫様は、私がなるの！　だから駄目！　ぜーったい駄目！」

アメリの言葉を、二人は笑っていなした。

そして、アデライト姉様が突然、コホコホとわざとらしく咳《せ》き込《こ》む。中座の断りも入れず席を立ち、私を見下ろした。

「ふふ、ねえソフィア、王妃になるのも悪くないと思わない？　生意気な子にはお仕置きができるだろうし」

「そんなことより、そのわざとらしい咳《せき》は無意味だから、やめたほうがいいわよ。アデライト姉様」

「……本当にソフィアは生意気さんね」

そう言って立ち去る。

お父様はアメリの頭を撫《な》でていた手を止めた。自分も仕事が溜まっているからと言って、書斎に逃げる。

残されたのは頬を膨らませて悔しそうな顔のアメリと私だ。

「アメリはルチータ王子といつ会ったの？　アデライト姉様のお茶会の時？　でも貴女《あなた》、あの日はピアノのレッスンだったわよね」

「ギクッ！」

「目を逸《そ》らさないで。それに何故《なぜ》、王子が人参《にんじん》好きだと知ってるの？」

「ギクギク！」

「……アメリ……貴女《あなた》、まさかルチータ王子に好意を抱いてるの？」

「えへへへへ」

「そう。でも多分、貴女《あなた》は婚約者候補に入れないと思うわよ。年が離れすぎてるもの」

「ガーン！」

ルチータ王子を変態にさせたいんじゃなければ、可哀想だけれど諦めたほうがいいわ。

それはともかく、王家主催のお茶会とは、色々面倒なことが起こりそうだ。

私はため息を吐《つ》いた。

第六章

ある夜。

お店を閉める準備をしていたアルの前に、フードを被《かぶ》って顔を隠し……ていない、ルチータ王子が現れた。

「やあ！　ここの暮らしに随分、馴染《なじ》んでるみたいだね。って、無視かい!?　久しぶりに会ったんだから、こうぎゅっと優しくハグをしてくれても、いいんじゃないか？」

そう言って、アルにジリジリと近づく。

アルはルチータ王子に本気で抱きつかれそうだと察して、スッと数歩身を引いた。その距離を保ったまま、ルチータ王子に文句を言う。

「あんたが来ると目立つ」

ため息を吐《つ》くアルに構わず、ルチータ王子は店の中に入った。

「今度、王家主催のお茶会があるんだ。そこに沢山《たくさん》の令嬢たちを招待した。あのマカロン家のアデライト嬢は……とても素晴らしいね」

ニッコリ笑うルチータ王子に、アルは呆《あき》れる。

「……あんたって、本当に腹黒いな」

「腹黒くないと、王子なんてやってられないさ。駆け引きだらけの毎日なんだからね。だからこそ、私は信頼できる者をそばに置きたい。つまり……早く君に帰ってきてほしい」

そこで真剣な表情になるルチータ王子に、アルは考える素振りをする。

しばらくして、静かに口を開いた。

「……そうだな」

「え⁉　何が」

「何が、って？　だから、俺も覚悟を決める時が来たんだなって話で——っておい⁉」

ルチータ王子はとても嬉しそうにアルに飛びついた。ひとしきり彼を抱きしめた後、満足したように護衛を引き連れて帰っていく。

アルはその後ろ姿をずっと見つめていた。

◇　◇　◇

「——アル？　どうしたの？　何かあった？」

「……あ、いや……」

騎士学校の授業が早く終わったので、今日も私はアルに会いに来た。

なんだか今日は嬉しそうな顔をしているわ。頬がほんのり赤いし、こんなアルを見るのは初めてで……なんだかもやもやするわね。

もしかして、誰かお友達ができたのかしら……私の知らない人？

「えっと……アル。素敵な人と知り合ったのかしら。凄《すご》く嬉しそうな顔をしているわ」

「素敵かどうかは分からないけど、昨日、久しぶりに知り合いに会ったな。……まあ、あいつのことは嫌いではない。むしろ――……って、ソフィア……プハッ！　あの末っ子と同じ顔をしてるぞ」

「え？」

「悔しかったりいじけたりすると、あの末っ子はハムスターみたいに頬を膨らませるだろ？　それと今、同じ顔してる」

私が？　ハムスター!?

いいえ、アメリみたいに、そんないじけた顔なんてしていないわ!?

私は花屋さんに置いてある鏡を見て確認する。

ええ、そうね。立派なハムスター女ね。

なんて情けない顔なのかしら。真っ赤だし。

……これじゃあ、まるで……

「あぁ、嫉妬《しっと》した？」

アルがクスッと笑って、私の頭を撫《な》でる。

嫉妬《しっと》？　嫉妬《しっと》!?　シット!?

私が……？

「……アルのその余裕のある笑顔、なんだか腹が立つわね」

プイッと私はそっぽを向く。するとアルは、店にあった花を取り、可愛らしいブーケを作って渡してくれた。

「……ソフィアに大切な話がある」

「え⁉」

そして、急に真面目な顔をする。

なんだか、これって、その、告白みたいな雰囲気では……⁉

アルは大切な友人で、大事な……

あー、駄目だわ。アルが近くにいすぎて、考えがまとまらない！

これは一旦撤退して、再度対戦を申し込んだほうが良さそうね。

「ア、アル‼　私、一度頭を冷やしてくるわ」

「いや、少し長くなるから、店の中で――っていない⁉」

私はダッシュでその場を走り去った。

「……アイツ……逃げたな」

そんなアルの呟《つぶや》きは、当然、聞こえていない。

ただ、初めて見るアルの表情に驚いて、もしかしたら、彼には大切な女性がいて、それが自分なのかもしれないと勝手に考えてしまったのだ。

もし違ったら私はアルを失うことになるし、仮にそうだったとしても、私の目の前から今までのアルがいなくなってしまうかもしれない。そう感じた。

「今日のアルは変だったけど……私が一番変だわ」

私はアルの言う通り、嫉妬《しっと》をしていた。


屋敷に着いて自分の部屋に向かう。途中、アデライト姉様がお茶会で着るドレスを試着しているのが目に入った。

……また高級なドレスを作らせて。

「あら、ソフィア。今度の王家主催のお茶会のためのドレス、綺麗でしょ？　ソフィアは用意しないの？　ふふ、貴女《あなた》は剣を持って騎士学校の制服で出席する気かしら」

「はあ。アデライト姉様はそういった淡い色のドレスじゃなく、緑色の蛇柄《へびがら》がお似合いですよ。性格の悪さが滲《にじ》み出て素敵だもの」

「なっ……！」

プルプル震えるアデライト姉様。

彼女をメイドたちが必死に宥《なだ》めているけれど、正直、どうでもいいわ。

私は急いでベッドに潜《もぐ》り込《こ》み、さっさと眠ってしまった。


いよいよ、王家主催のお茶会当日。

貴族の令嬢はもちろん、国中の令息たちもお茶会を楽しみにしてソワソワしていた。

いや、貴族だけでなく、騎士学校の生徒たちも招待されている。何故《なぜ》なら、このお茶会は将来有望な人材を見極める場所でもあるのだ。騎士団長や副団長も出席される。

令嬢たちは将来の王妃選びだと張り切ってオシャレをしていた。

アデライト姉様なんて無駄に煌《きら》びやかな飾りがついた青と白のドレスを着て、妖精みたいだと家族に褒められている。

「――ふふ、やっぱり、アデライトは素敵ね。ルチータ王子の婚約者はアデライト、貴女《あなた》で間違いないわ。オスカーなんて男は忘れて、幸せになるのよ」

「そんなことよりもお母様、お身体は大丈夫なのですか？　私、心配だわ」

「あぁ、貴女《あなた》は本当に優しい子だわ。長女はこんなに良い子なんだもの、私の育て方は間違ってないのよ。本当に」

久しぶりに現れたと思ったら、お母様はアデライト姉様を褒めつつ、私の顔色を窺《うかが》う。

何がしたいのかしら……

お父様とお母様は私を無視し、そそくさとアデライト姉様と三人で馬車に乗って王宮に向かった。

一方、私は――

「――ソフィアさん、あの……いつも家族の方はあんな感じなんですか？」

「あ、あれは、ソフィアさん！　お、怒っていいよ!!」

友人のペゴニアさんとカンナさんに屋敷に来てもらっている。

というのも、二人は王家主催のお茶会で着られるドレスを持っていなかったのだ。失礼になるかと心配しつつも私のを貸そうかと聞くと、二人は是非《ぜひ》にと受け入れてくれた。

そこで、お茶会の前に私の部屋に集合してドレスを選び、簡単なサイズ直しをしようということになった。

「いつものことよ。二人とも気にしないでちょうだい。それよりも……ドレスのサイズは大丈夫かしら？」

「「胸以外は大丈夫!!」」

そう元気良く答え、二人はドレスに着替えた。

「ドレスを貸すなんて言っておいて、私もそんなに沢山《たくさん》は持ってないし、地味なものばかりで申し訳ないわ……ごめんなさい。二人はもっと華やかなドレスを想像してたわよね」

そう謝ると、二人とも、大丈夫だと笑う。

喜んでくれているなら、良かったわ。

私たちは三人で馬車に乗ろうと部屋を出る。すると、玄関ホールで可愛らしい白のワンピースを着たアメリが待っていた。

「……アメリ、貴女《あなた》……」

「あのね、お茶会は欲望だらけの戦場なんだよ！　ルチータ王子様を守らなきゃ！」

ペゴニアさんとカンナさんはアメリを見た瞬間に彼女の虜《とりこ》となる。やたらと可愛がって、渋る私を説得し、アメリも馬車に乗せた。

「はあ。後でお父様に報告ね」

結局、四人で王宮に向かう。

程なく王宮に着き、とても広い会場に案内された。

……本当にお茶会なのよね？

凄《すご》く豪華で美味《おい》しそうなお菓子やデザートが所狭しと並べてある。

「大好きなお菓子だ！　あー！　プリン！」

アメリが早速、大好物のプリンを目指して走っていった。

私は一気に会場中の視線を浴びる。

好奇の目、不信感が露《あら》わな目、その中に何故《なぜ》か、羨望《せんぼう》の眼差《まなざ》しが交ざっている。

様々な感情にさらされ、圧倒されそうになった。隣にいたペゴニアさんとカンナさんが、私の腕をぎゅっと握ってくれる。

「ソフィアさんがとても素敵でカッコ良いことは、私が知ってるからね！　貴女《あなた》は私が守るわ！」

「に、に、に、逃げたくなったら、私たちが壁になりま、ま、す！」

……まだ付き合いは短いけれど、私は本当にいい友人を持ったわ。

そこに突然、かつての婚約者オスカー様の母であるペリドット様が現れた。

「いい友人と出会えたようね。ソフィアさん」

「ペリドット様、ご機嫌よう」

ペリドット様の隣にいるのは、小さな頃、何度か会ったことのある、オスカー様の弟――ルイス様だ。

容姿はペリドット様によく似ている。特に青色の髪がそっくりだ。オスカー様はお父様似だったのね。

「ソフィア姉さ――いや、もう、ソフィアさんと呼んだほうがいいですね。ソフィアさん、お久しぶりです！」

「大きくなりましたね。隣国に留学されていると伺っていたのですが、帰ってきたのですね」

「ええ。馬鹿な兄貴が色々やらかしましたからね！」

お馬鹿な兄を持つ者同士、色々苦労するわね。

カンナさんが眼鏡をかけた顔を赤く染め、ルイス様を一心に見つめているのに気づく。

上手に紹介してあげようと考えていた時、私のことについて話す貴族たちのヒソヒソ声が聞こえてきた。

「……ねえ、ほら。あそこにいるのはマカロン家のソフィア嬢じゃなくて？」

「家族にまで手を上げる暴力令嬢って、あの子だよな」

わざと聞こえるように話している人たちを、ペリドット様が扇子《せんす》の陰からちろりと睨《にら》む。けれど、すぐに視線を私の着ているドレスに戻し、ため息を吐《つ》いた。

「ソフィアさん、お茶会はね、女の戦場なのよ。腹の探り合い、騙《だま》し合《あ》い、欲望まみれの……ね。ということで、三人とも着替え直しよ。あぁ、そこのツインテールの末っ子さんもね」

「え？」

彼女がパチンと指を鳴らした瞬間、知らないメイドたちが沢山《たくさん》現れる。私たちはプリンを食べていたアメリと一緒に、お茶会の控室に連行された。

——それは、あっという間だった。

メイドたちに、あれよあれよという間にドレスを着替えさせられ、髪やメイクまで直される。

「あ、あの……ペリドット様。私は別にこのままでも——」

「お黙りなさい。王妃様にも許可を貰《もら》っているから問題ないわ」

なんでそこで王妃様が出てくるの⁉

「あわー！　ソフィアさん！　凄《すご》い綺麗！　今まで、メイクもあまりしてなかったよね⁉　髪型とメイクでここまで雰囲気が変わるんだね」

「本当にす、す、凄《すご》く、綺麗です！」

「ソフィア姉様！　私だって、可愛くリボンつけてもらったよ～‼　ルチータ王子様に見せたいな！　どこー？」

「ペゴニアさんとカンナさんのほうがとても可愛らしいわよ。……アメリ、貴女《あなた》はせっかく可愛くしてもらったのだから、もうプリンを食べては駄目よ。五つは食べすぎ」

「がーん！」

アメリのお陰でちょっぴり和《なご》んだ雰囲気で、私たちは再び会場に足を踏《ふ》み入れたのだった。

◆　◆　◆

ソフィアたちが再度、お茶会に登場した。

その瞬間、会場中の人間がソフィアに見惚《みと》れる。

地味でみすぼらしいドレスを着ていたはずの彼女が、いつの間にか鮮やかな紫色のドレスを身に纏《まと》っている。

この国で紫色は、王家の色とも言われる高貴なものだ。その色を見て、このドレスを用意したのが王妃だと、みんなが察した。

遠くでソフィアを見たアデライトが驚きでグラスを落とす。

「ア、アデライト様？　大丈夫ですか⁉　あの……アデライト様――ヒッ⁉」

いつも女神のようなのに、高貴な色のドレスを身に纏《まと》い綺麗に飾り付けられた妹を見た彼女は鬼の形相になる。

彼女の近くにいた取り巻きたちは、その顔をばっちり目撃してしまい、怖くなった。話し掛けるのも憚《はばか》られ、ただ黙ってソフィアとアデライトを交互に見る。

そんなアデライトの様子を、ルチータ王子は観察していた。

「面白そうだと母上に頼んでみたが、みんなの反応は予想以上だね。新しいドレスを仕立ててほしい、なんてお願いしたせいで、母上、凄《すご》く張り切っちゃったんだよね。お陰でほら、とても素敵なお茶会になりそうだろう？」

そう言って振り返った先にいたのは、騎士学校の生徒でもない、平民のはずのアルだ。

彼は何故《なぜ》か、顔を顰《しか》めていた。

「どうしたんだい？」

「……ソフィアのドレス、露出が多すぎだ」

「それは、私の好みが入っている！」

「……殴っていいか？」

そんな二人のやり取りを、もちろん、ソフィアは知らない。

アデライトだって、気づいていなかった。

「……なんであの子が……あんな高そうで素敵なドレスを……！　お父様！　お母様！　何故《なぜ》、ソフィアが高価なドレスを着ているんですの!?」

アデライトが両親に詰め寄った。だが、二人も何が起こったか分かっていない。

そんなマカロン家三人の前に、前代の国王の護衛騎士を務め今は騎士学校でソフィアの担任をしているチャーリーが現れる。

「あの紫……どうやらあのドレスは、王妃様が用意したみたいじゃのぅ」

「何故《なぜ》、王妃様が!?」

入れ歯を直しながら話すチャーリーに、ジェイソンは嫌そうな顔をする。軽く頭を下げ、妻と長女を連れてその場から移動した。

「……ソフィアに……王妃様が？　どうして？　あの子はいつも目立たず、私の後ろにいるのが当然の存在なのに」

「アデライト、落ち着いてちょうだい。大丈夫よ、貴女《あなた》が一番輝いているわ」

母親がアデライトを励ます。

その会話を聞くともなしに聞いていたチャーリーは、少し離れた所に控えていたシリウスに声を掛けた。

「弟には声を掛けなくていいのかの？　シリウス」

「向こうが嫌がりますからね。そんなことより、ソフィアは学校でどうです？」

チャーリーはそこで入れ歯を落とす。

「ひゃいひょうびゅだ」

「……チャーリー先生。ふざけないでください」

シリウスに睨《にら》まれてチャーリーは入れ歯を拾い、入れ直してから話し始めた。二人の視線の先には騎士学校のクラスメイトたちと話すソフィアの姿がある。

「シリウス、あの子の剣術を見たかのう？」

「……一度。ソフィアとソフィアの執事の練習を見ました。アレは……前アレク国王と、亡くなったオリバー王太子のものに――」

「ごく一部しか知らぬが、アレは、王の剣術と言われちょる型だからのう」

深刻な表情になる二人の間に、ピョコンとアメリが割って入る。

彼女は物怖《ものお》じせずシリウスに話し掛けた。

「シリウス伯父様、初めまして！　伯父様はどうして、痛《いた》くないのに足が痛《いた》いフリをしてるの⁇　ねえー、なんで？」

アメリの発言に一瞬ぎょっとした表情になったシリウスを、チャーリーが笑う。

「フォッフォッ！　会ったこともない伯父の顔を知っていたのか、この子は面白い子じゃのう！　この子もジェイコブより筋が良いかもしれぬ。どうじゃ、騎士学校へ来るか？　お嬢ちゃんのお父さんも伯父さんも騎士学校で、わしから剣術を習ったんじゃぞ」

「いやっ！　私は立派な女性になるので忙しいもん」

元気な返答を聞いて、チャーリーとシリウスは大笑いをしたのだった。

◇　◇　◇

「――ペリドット様……このドレスは王妃様が用意してくださったのですか⁉」

「そうよ」

……意味が分からないわ。

驚きで固まっていると、私の周囲に集まってきた騎士学校のクラスメイトたちが、自慢げに話し始める。

「ソフィア嬢なら王妃様に気に入られて当然だ！」

「もしかしたら、ソフィア嬢の強さを知って、王妃様の騎士にと考えてるのかもしれないね⁉」

彼らは私を置いて、ワイワイと盛り上がっていく。

そこへ突如、金髪で紫色の瞳の——敵なのか味方なのかがいまいち分からないルチータ王子が姿を現す。

私たちは騎士らしく王子に敬礼した。

「あぁ、敬礼はいらないよ。ソフィア嬢、お茶会を楽しんでるかい？」

「ええ、とても楽しいです。ご招待ありがとうございます。ところで、ルチータ王子はアデライト姉様のところに行かなくてよろしいのですか？」

すると、ルチータ王子がニッコリ笑う。

「後で会うさ。彼女には特別なプレゼントがあるし。……それより、ソフィア嬢、私の父と母が君に会いたがっている。剣術大会の優勝者と話したいみたいだ」

「光栄です」

私は深々と礼をして、ルチータ王子の後に従った。


現国王は、実は王太子ではなかった。兄のオリバー王子を殺して、国王になったと言われている。

その他にも黒い噂が絶えないが、国民の暮らしを豊かにしているという実績があり、優しい王だと慕《した》う人もいた。

そんな人に会うのは怖いが、王妃様はペリドット様の御友人で、このドレスを用意してくださった人だ。お礼を言わなければならない。

緊張で硬くなっている私に、ルチータ王子が自ら城の中を案内してくれる。

これまで王宮に入ったことはないから、凄《すご》く新鮮だわ。

……王宮専属の騎士になったら、ここを警備することになる。広くて大変そうだけど、やりがいがありそうね。

長い廊下の片側に歴代の王たちの肖像画が飾られていた。

ふと前代のアレク国王の肖像画が目に入る。

……なんとなく……アルに似ていると感じるのは気のせいかしら。

私が肖像画をジッと見ていると、ルチータ王子が足を止めた。

「どうしたんだい？　……ああ、お祖父様の肖像画か。初めて見るのかな？　良ければ、もう少し見ているかい？」

「いえ、大丈夫です」

「そう？　では、行こうか」

しばらく足を進め、ルチータ王子と私はようやく白い大きな扉の前に辿《たど》り着《つ》いた。

扉は既《すで》に大きく開いている。

緊張するわね……

色々な噂がある国王様。そして、とても厳しい方だと言われる王妃様。

騎士を目指している私としては、ここでしっかりとした態度を見せて、将来、役に立つ人材になるとアピールするべきよね。

部屋の奥に進むと、厳格そうな二人が座って待っていた。

扉がパタンと閉まる。

私は緊張で少し震えていたものの、失礼のないように、まずは令嬢らしい挨拶《あいさつ》をした。

「ソフィア・マカロンでございます。この度は――」

「君がソフィア嬢か!!」

「あらまあ！　素敵な子ねー！　ねえ、お菓子食べる？　何が好きかしら？」

「マカロン家だから、マカロンかい!?　なんてな！」

「父上、母上、ソフィア嬢はマカロンより、野菜サンドが好きなんだよ」

……さっきまでの厳格な表情と雰囲気はどこへ行ったのかしら。そして何故《なぜ》、ルチータ王子は私の好きなものを知っているの……

「ソフィアちゃんは野菜サンドが好きなのね！　それじゃあ、好みの男性は!?　やっぱりクールだけど頼りになる、でも、たまに見せる笑顔がとっても可愛らしい男性かしら!!」

「……王妃様、あの……随分、具体的ですね。いいえ、なんでもありません。このドレスを御用意いただき、ありがとうございました」

私のお礼はほぼ無視される。

沢山《たくさん》のお菓子をあれもこれもと渡された。

この甘々というか、……ちやほや扱いに慣れない。

特に国王様が、噂されているような人物と違う！

本当に兄を殺して王となった人なのかしら。おしゃべりな性格らしく、好きな甘いお菓子についてから始まり、何故《なぜ》か今は王妃様との馴《な》れ初《そ》めを話しているし……

分からない。

本当に何を考えているか分からない。

私が混乱しているのに気づいた国王様が、笑いを堪《こら》える。

「ふははっ、いや、すまない。ソフィア嬢。ずっと君に会ってみたかったんだ。本当に……。念願の対面も叶ったことだし、さあ、そろそろみんなに顔を見せなきゃならない時間かな。ルチータ、ソフィア嬢をまた会場に案内しろ。あぁ、ソフィア嬢……シリウスから君の実家の事業や領地についての報告を受けている。その話も茶会の会場でしよう」

先程までの優しい雰囲気はなくなり、国王様は冷徹な支配者の表情になる。私は背筋がゾクッとするのを感じた。

「……シリウス伯父様には、私がお父様のお仕事についての相談をしました」

「そうなのか？　それにしては、随分詳細な書類が沢山《たくさん》あったね。君は剣術だけでなく、頭も優れているようだ」

震える身体で国王様と王妃様にぎこちなく挨拶《あいさつ》し、私はみんなのもとに戻ろうとする。ルチータ王子が隣に並び、ニッコリと微笑《ほほえ》みかけてきた。

「……あの……何か顔についていますか？」

「君、妃になる気ない？」

「ありません。興味もありません。もう会場までの道は分かりますわ。ありがとうございます」

「私は誰の妃かは言ってないんだけどねえ……ねえ、ソフィア嬢。君の剣術はとても珍しいものだと知ってる？」

「？　いえ……？」

ルチータ王子の表情からは何も読み取れない。

質問の意図はなんだろう？　私を試そうとしているのか、何か伝えたいことがあるのか、それとも、からかっているだけか……

「我が国には階級によって剣の型が複数あるんだ。君の剣の型は……王太子にだけ伝えられるものなんだよ。けど、私の型とは少し違う」

「……何が言いたいのか、分かりません」

「おや、ソフィア嬢は察しがいいほうだと思ってたんだけど。もしかして、これについてあまり考えないようにしてるのかい？」

……実はルチータ王子の言う通りだ。

剣術大会後、騎士学校に入った私は、自分の剣の型が他の人と違っていることに気づいた。参考書に書かれたものやジェイコブお兄様の型も調べたけれど、どれも当てはまらなかった。

アルが私に教えてくれたのは、よほど珍しい剣術らしい。

そこで私は考えるのをやめる。

だって、その理由をアルに聞いたら……彼が私から離れていきそうな予感がしたのだ。それが怖くて、何も聞けなかった。

私はアルについて何も知らない。

そんな思いを見透《みす》かしているようにニヤニヤと笑うルチータ王子。

その顔、腹立つわね。……殴りたいわ。

「あー！　いたあ！　ソフィア姉様！　ハッ!!　お、王子様!?　いた！」

幸い、私がルチータ王子に手を出してしまう前に、大量の人参《にんじん》サラダを持ったアメリが現れた。

「やあ、小さなレディ。今日のお茶会に来てくれてたんだね。そっか……」

「ル、ルチータ王子様と人参《にんじん》のね、歴史について語り合おうと思って、あの、サラダを沢山《たくさん》食べてたんです！」

彼女はプリンを五つ食べた後、人参《にんじん》サラダを食べ続けていたらしい。

……やっぱり食べすぎな気がするけど、サラダだからいいの、かしら？

アメリはこちらに走ってこようとして、緊張のあまり手足を同時に出し、つまずいた。

「アメリ！　あぶない」

ガシャーン！

大きな花瓶に身体が当たり、一緒に倒れる。

アメリはずぶ濡れだ。

私はすぐに妹に駆け寄った。

「アメリ、大丈夫⁉　ルチータ王子、申し訳ございません、妹が花瓶を壊してしまって」

「いや、気にしなくていいよ。それよりも、せっかくの可愛い服が台なしだね。誰か、彼女に別のドレスを用意し――」

私はアメリの濡れた髪をハンカチで拭いてあげる。だが、急にルチータ王子が言葉を止めたので、どうしたのかと思い、彼の顔を見上げた。

王子が険しい顔をしている。

どうしたのかしら？　アメリのほうを凝視しているけど？

私はルチータ王子の視線を追って、アメリの右肩に注目した。

「えっ⁉　……アメリ、貴女《あなた》……何、この痣《あざ》？」

はっきりと不自然な痣《あざ》がある。

嫌な予感がした私は、アメリのお腹《なか》と背中も確認した。

「ぷひゃひゅ‼　やめっ！　くすぐっ！　ルチータおうじのまえー！　はずかしいからー、お嫁さんにしてくださいー！」

ルチータ王子がアメリに近づき、優しい顔で諭《さと》す。

「少し、おとなしくしてようか？　可愛い小さなレディ」

「はいっ」

……自分のことばかり考えて行動していた自分に、私は腹が立った。

友人ができ、騎士学校のクラスメイトたちとも話せるようになって、浮かれていたんだわ。アメリは私にSOSを出していたはず。

……それを見逃すなんて、姉失格じゃない。王国を守る騎士どころか、何よりも大切に守らないといけない子を守れていなかった……

アメリの身体には、複数の鞭《むち》の痕《あと》など、折檻《せっかん》されたらしい痣《あざ》がついている。

「……お母様ね。私も小さい頃、躾《しつけ》だと言われて何度かされたから分かるわ。でもこれほど……酷《ひど》くは……」

「ち、ち、違う！　人参《にんじん》の悪魔よ！　お母様は悪くないし、お父様も悪くない！」

「……二人にされていたの？　何故《なぜ》、早く私に話して……いえ、きっとそれとなく伝えていたのよね。私が……アメリは可愛がられているから大丈夫だって……ごめんなさい……」

泣きそうだ。

私は自分がどんなに酷《ひど》い扱いをされても、気にしてなどいない。

だけど……こんな小さな子に……

アメリが私の顔をチラッと見る。

「……えと、ね、ソフィア姉様に似てきて悪い子だからって。でもね、アメリは人参《にんじん》を食べる偉い子でしょ？　みんな人参《にんじん》、食べないの。ジェイコブお兄様は、少しだけなら食べるみたいだよ。たまにね、お手紙するの。あ、趣味は……口チャック!!　えーとね、だからね、これは人参《にんじん》の悪魔のせいなの！　だから闘ってるの！　大丈夫！」

この子は……いつも甘えん坊なくせに、誰かに頼らなきゃいけない時に限って、一人で闘っていたのね。

あぁ、駄目だ。頭に血が上ってきた。

「本当に私の親は……屑《くず》ね……。ルチータ王子……少し、アメリをお願いしてもよろしいでしょうか」

「……分かった」

「ソフィア姉様！　待って！　バキとか駄目！　人参《にんじん》なの！　せっかく、お友達できたのに！　砂の泡だよ！　人参《にんじん》の悪魔のせいなのー!!」

アメリ、それを言うなら水の泡よ。

本当に我が親は、厄介《やっかい》な人たちでどうしようもない。

私は会場に走り、休んでいたアデライト姉様とその取り巻きたち、そして偉そうに貴族と話しているお父様とお母様を見つけた。

ツカツカとお父様たちに近寄る。

「ん！　なんだ!?　ソフィアか！　お前はアデライトを差し置いてそんな格好をして！　可愛いアメリにも悪影響だ――」

「それは、お前だろ」

バキャッッッ!!

……気づいたら、私はお父様の顔面を思いっきりグーで殴っていた。

◆　◆　◆

お茶会で騒ぎが起こっている頃。

ルチータはアメリを控室に連れていき、メイドに預けて着替えさせた。

「……ルチータ王子様。あのね、みんな悪くないのよ。だから、ソフィア姉様をね、止めないといけない！　お母様じゃないよ！　お父様でもないの！　二人は悪くないの！」

新しいドレスに着替え終わったアメリがルチータの隣にちゃっかり身体を寄せる。そして手を繋ぐと、会場に向かって歩き出した。

そんなアメリにルチータは笑顔で答える。

「小さなレディ。いいかい？　君の証言がないと、我々は助けてあげられないんだ。まあ、無理にでも助けるけどね」

「ううん、違うの！　ソフィア姉様は誤解してる！　お父様でもお母様でもない、人参《にんじん》の悪魔なの！」

「……………ねぇ、ずっと違和感があったんだけど。君は賢いのに、何故《なぜ》そんな話し方をしているんだい？」

そう言われて、アメリは目を見開き固まった。

「…………な、ななんで……」

焦《あせ》るアメリは自分のスカートをぎゅっと握りしめる。

「『人参《にんじん》の悪魔』ってお前の姉、アデライトのことだろ」

突然、ルチータ以外の声が聞こえ、彼女はそちらを振り向く。

そこに黒と紫色を基調とした服装のアルがいた。

アメリは首を傾《かし》げてアルをジーッと見つめる。

「……マスク男さん？」

「……正解、だな」

アルとルチータの二人を交互に見た彼女は、フウと息を吸った後、ゆっくりと吐き出す。そして、深々と令嬢らしい作法で頭を下げた。

「ソフィア姉様を助けてください。これは人参《にんじん》の悪魔の罠だから……」

「おや、人参《にんじん》の悪魔は、信じてるんだね」

素直にコクンと頷《うなず》くアメリに、ルチータはクスッと笑う。

アルはアメリを優しく抱きしめた。

「任せろ。ソフィアの暴走を止めるのは、昔から俺の役目だしな」

◇　◇　◇

会場がシーンと静かになった。

みんなが父親を殴った私を見ている。友人も知人も一体何事だという顔をしていた。

ペリドット様ですら、少し青ざめている。

シリウス伯父様だけは冷静な表情で、ただ黙ってこちらを見つめていた。

殴られたお父様はワナワナと震え、鼻血を出しながら私の頬を「パァン！」と叩《たた》く。

「お前は気がおかしくなったのか⁉　こんな大事なお茶会で……実の父親を殴るとは‼」

「お父様に謝りなさい‼」

お母様もお父様に加勢する。

「……お父様も今、私を叩《たた》いたではありませんか」

淡々と反論する私を、アデライト姉様は怯《おび》えるフリをして……笑っていた。

なんでこんな時にまで笑っていられるの？

「いえ、そんなことは問題じゃありません。お父様もお母様も……私には何をしても構わない。だけど、アメリにしていることはなんなのですか？　あの子に酷《ひど》いことをしているのは、二人でしょう！　鞭《むち》を使っているではないですか⁉　アメリの身体に痣《あざ》がありました！」

私は拳《こぶし》をぎゅっと握りしめて叫ぶ。

それを聞いた周りの人たちが首を傾《かし》げる。

「……痣《あざ》？　マカロン家の末の娘の身体に痣《あざ》があると言っているぞ」

「にわかには信じがたいが、本当のことなのでは？　あれほど怒っているのだから」

会場中がざわめいた。

怒りで顔を赤らめているお父様は、不愉快そうに眉を顰《ひそ》める。

「痣《あざ》？　何をまた訳の分からんことを」

「ソフィア、貴女《あなた》、何を言ってるの？　鞭《むち》だなんて、もう今は、そんなことしないわよ……。あぁ、本当に頭がおかしな子になったわ。アデライトの言う通り。……貴方、ソフィアを病院へ連れていきましょう！」

「いやいや、ちょっと待て。アメリに痣《あざ》とはどういうことだ⁉　本当にそうなら、何故《なぜ》、使用人たちは私に報告しない⁉　世話をしていれば身体が傷ついていることが分かるだろう⁉　あぁ、くそっ、鼻血がまた出てきた！」

「だ、だから！　早くソフィアを病院にと‼」

……え？　お父様は知らない……？

お父様がとぼけているようにはとても見えなかった。

でも、お母様は何か知っているようね。焦《あせ》っているもの。

つまり、お母様だけがアメリを折檻《せっかん》している？

その考えにも違和感を覚えた。

お母様はしきりにアデライト姉様のほうを見ている。なんだか怯《おび》えているようにも感じた。

「……あ」

確かに私は、アメリの口から直接、お父様とお母様にやられたとは聞いていない。

ただ、『人参《にんじん》の悪魔』だ、とだけ。

まさか……アメリを傷つけているのは——

私は会場の壁近くのソファに優雅に座っているアデライト姉様を睨《にら》む。すると姉様はニッコリと笑った。

「アデライト姉様……なのね」

ポソリと呟《つぶや》くと、お母様がビクッと反応する。

お母様はアデライト姉様がアメリに手を出しているのを知っていたのに、黙認していたの？

私がアデライト姉様に近づくと、沢山《たくさん》の取り巻きの男性たちが壁になり、姉様を庇《かば》おうとする。

そのせいか、アデライト姉様は余裕の表情だ。

いいえ、違うわね。

今日は王家主催の大事なお茶会。国中の偉い人や騎士団の方たちが出席している。

アデライト姉様にとっては、私が騒ぎを起こすのにお誂《あつら》え向きの日なのだ。

「お、おい！　今度はアデライト嬢を殴る気だ！」

「ソフィア嬢は頭がおかしくなったんだよ！　気をつけろ」

「おい！　衛兵！　早く来てくれ！」

何も分かっていないお父様は、鼻血をハンカチで拭きながら私を睨《にら》む。

「ふん。ソフィア、お前はいいかげん、ここで私たち家族にきちんと謝りなさい。そうすれば許してやる」

アデライト姉様が私の顔をまっすぐ見つめ、周囲に気づかれない程度に軽く口角を上げた。

「ソフィア、貴女《あなた》、本当に変になってしまったのね。可哀想……ぐすっ」

「アデライト姉様、元々頭がおかしい人に言われたくありません」

私、これまでアデライト姉様に憎まれるようなことをしたかしら？

衛兵がやってきて、私を取り押さえようとする。

その時――

「やめろ。彼女に触るな」

このお茶会では決して聞こえるはずのない、耳に親しんだ低い声がした。

黒髪で紫色の瞳の青年。今日はいつものエプロンに長靴という姿ではなく、王家の紋章が入った黒と紫色を基調とした服を着ている。

突然、現れた彼に、皆、困惑した。誰だかは全く分からないものの、その存在感に圧倒されている。

「……アル……？」

「頭を冷やせソフィア、せっかくこの後に国王陛下たちが準備されていることを、台なしにするところだぞ」

「………ッ」

少しだけ泣きそうになった。

自分の愚かさが悔しくて、俯《うつむ》く。

「下を向くな。ソフィア・マカロン」

すかさず、アルの声が飛ぶ。

彼は私に手を差し伸べて、ぎゅっと優しく支えてくれた。

「……ソフィア姉様！　うあ！　遅かった！」

「アメリ……」

アメリはルチータ王子と手を繫いで、私に駆け寄ってくる。

顔を上げた私は、アルの周りにいる貴族——特に高齢の方たちが彼を見てプルプルと震えているのに気づいた。

「なんとっ！　あの黒髪に紫色の瞳……あの姿はアレク前国王にそっくりだ！」

「……し、しかし……今の国王様の子供はルチータ王子様だけ……まさか……あの噂は……本当だったのか？　国王様がほら……殺した王太子一家にはお子様が……」

「シッ！　下手《へた》なことは口にするな！」

そうか、アルは王族だったのね。

花屋の息子ではなく、王子だったのだ。

「……アル……貴方。何故《なぜ》、黙ってたの？」

「話そうとしたらソフィアが逃げたんだろ。告白か何かだと勘違いして。色々と早とちりしすぎなんだよ」

「あっ、あれは……！」

クスッと笑うアル。

その笑みに、近くにいた年頃の令嬢たちが頬を赤くする。

それに構わず、彼はアデライト姉様を見て言った。

「……近頃、俺の周辺を飛び回っている蝿《はえ》がいるんだ」

さっきまで余裕があったアデライト姉様は、アルの圧力に押されている。

直後、騒がしくなった会場に、国王様と王妃様が姿を見せた。みんなが一斉に頭を下げる。

「静粛《せいしゅく》に」

先程は優しくちょっとお茶目な方だった国王様。今、そんな雰囲気は欠片《かけら》もない。

国王様は厳しい表情でアルの隣に立つ。

「皆、驚いているだろうな。今日の茶会は、彼を紹介したくて開いたんだ。事情があってずっと隠していたが、彼は、亡き我が兄上オリバーの息子。名前は――アルフレッドだ」

アルが紹介された途端、会場中の人々が彼に向かって深く頭を下げた。

お父様とお母様は口をポカンと開けた状態で固まっている。アデライト姉様も戸惑《とまど》っているようだが、深くお辞儀をした。

国王様が私に視線を向ける。

「さて、ソフィア嬢。君はこの大事な茶会を台なしにしたな。騎士になる者は、常に冷静に周りの状況を見て判断しないといけない」

「……はい。申し訳ございませんでした」

私が謝罪をしているところへ、アデライト姉様がウルウルと涙を流しながら前に出てきた。国王様に切々と訴える。

「国王様！　……妹は……悪くありません！　……少し頭の病気を――」

「私はまだソフィア嬢と話している。出てくるな」

重く冷たい声でアデライト姉様を制する国王様。アデライト姉様は目に見えて落ち込んだ。

だが、アデライト姉様の取り巻きたちは「国王様の前でも妹を庇《かば》うなんて優しい方だ！」と褒めそやしている。

「――さて、今日はもう一つ、聞かせたいことがある。最近、この国で非常に良くないことが起こっている。我が国が奴隷などの人身売買を禁止していることは、皆も知っている通りだ。敵対する国と商売することも、な。だが、敵国に高く宝石や人を売っている馬鹿がいるそうだ。そのようにシリウス・マカロンから告発があった。ソフィア嬢、その情報源は君だそうだが、……それに関して私に何か伝えたいことがあるか？」

国王の言葉に、私はバッとシリウス伯父様のほうを見た。

マカロン家の不正に気づいた私は、シリウス伯父様に裏帳簿を渡す際、それも報告していたのだ。

……私を信じて動いてくれたの？

シリウス伯父様をジーッと見つめていると、伯父様がニヤリと笑った。

あ。アレは楽しんでいる顔だわ。とても悪い顔。

ずっと隣にいてくれたアルが、ぎゅっと私の手を握ってくれる。

アル……これは誤解されてしまうわ。

「ソフィア」

慣れ親しんだ声で名前を呼ばれて、少し心が落ち着く。私はスゥと息を吸って目を閉じ、国王様の前に出た。

「国王様、お恥ずかしいことですが、我がマカロン家は長年、奴隷……人身売買を行っております。証拠は既《すで》に伯父によってお手元に届いているかと」

そこで、会場にいた人たちが一斉にお父様たちを見た。

「人身売買!? あのマカロン家が、か!?」

「なんてことだ！」

「ちょっ！ ち、ち、ち、違う!! 私はそんなことはしていない！ ソフィア！ 何、デタラメなことを！」

お父様は慌てて私に詰め寄ろうとする。

けれど、アルが壁になって、私を庇《かば》ってくれた。

不意にシリウス伯父様が杖《つえ》を捨てて、ツカツカと歩き出す。杖《つえ》がなければ歩けないはずだった伯父様の行動に驚いて、お父様は腰を抜かした。

シリウス伯父様がそんなお父様を見下ろす。

「まったく馬鹿な弟を持ったものだ。ジェイソン、既《すで》に証拠は押さえている。私は……面倒事が嫌でずっと見なかったことにしていたが、もう無視できなくなったよ」

「あ、あ、あ、あ、兄上……!! わ、私は!!」

そんな伯父様とお父様のやり取りに、国王様がため息を吐《つ》いた。

「シリウスには同情する。誰もが皆、家族に苦しめられるものなんだな。――さて、敵国と闇取引をしていたのは、マカロン家だけではない。この件に関わっていた者たちを全員、取り押さえて牢に入れろ！」

国王様が命令した途端、大勢の騎士が現れる。お父様や、彼に協力していた貴族が取り押さえられた。

「違う！　私は違う！　マカロン家の当主だぞ！　私にこんなことをして！　ソフィア！　お前は！　なんて奴だ！」

「……お父様、実はもう一つお父様に伝えていないことがあります。お父様が毛生え薬としてずっと愛用してたものは……脱毛の薬です。少し水で薄めていましたが、そろそろなくなるかもしれません、毛が」

「お、おま、ま、ま！　お前はなんて娘だあ!!　大事な、大事なあ――」

騎士に縛られながら涙を流すお父様。

……確かにアレは高いものだから、可哀想だったわね。

「あぁ、なんてことなの……私……知らなかったわ。ぐすっ……お父様がそんな……悪いことを……」

「アデライト様！　お可哀想に!!」

「僕たちがついてますよ！」

アデライト姉様はまたしても涙を流す。その姿に同情した取り巻きたちが、彼女を励ましている。

一方、お母様はただ地面にへたり込んでいた。そちらを見たルチータ王子が、アメリを抱きかかえたまま発言する。

「まだ訴えたいことがあるんじゃないかな？　ソフィア嬢」

「そうでした。ありがとうございます、ルチータ王子様。……お母様は、アデライト姉様がアメリを虐待《ぎゃくたい》していたことをご存じでしたよね」

すると、お母様がビクッと反応した。

アデライト姉様の取り巻きたちは、信じられないという顔で固まる。姉様と距離をとろうか迷っているように見える人もいた。

だが、アデライト姉様は平気な顔をしている。

「ソフィア……貴女《あなた》、また私を虐《いじ》めたいの!?　貴女《あなた》もアメリも私の大事な妹よ!?」

「先程も言いましたが、アメリの身体に痣《あざ》が見つかりました。誰も……私も、気づかなかった。アデライト姉様はどうして――」

「ソフィア？　何故《なぜ》、私が犯人だと決めつけるの？　……酷《ひど》いわ……」

どうして、平然としていられるのか、分からない……

アデライト姉様の気持ちが理解できず、悲しくなった私は、再び俯《うつむ》く。

その時、私とアデライト姉様の間に小さな手が割り込んだ。いつの間にか、ルチータ王子の腕から下りていたアメリだ。

「「アメリ……」」

アデライト姉様がアメリに優しく微笑《ほほえ》む。

「アメリ？　どうしたの？　今はおとなしく――」

「私、アメリ・マカロンは、アデライト姉様とお母様に、虐待《ぎゃくたい》されたことを告発します」

アメリは会場中に聞こえる声で堂々と宣言した。

アデライト姉様とお母様が息を呑む。

今まで可愛らしい笑顔のアメリしか知らなかった私も、少し驚いていた。

アメリはニッコリと私に笑いかけてくる。そしてアルの手をパシッと払《はら》い除《の》けて、私の両手をぎゅっと握ってくれた。

「ソフィア姉様、あのね、お屋敷のメイドたちや執事が全員、アデライト姉様の味方ではないんだよ。知ってた？」

「……アメリ……貴女《あなた》、お馬鹿な子じゃなかったのね」

どうやら、アメリは少しずつ自分の味方を作っていたようだ。そうやって、自分にされたことの証拠も残しているという。

アメリは呆《あき》れたような顔をする。

「ソフィア姉様って、不器用なんだよ」

「……そうみたいね」

頭を撫《な》でてあげると、嬉しそうに笑った。その後、彼女はアデライト姉様のほうを振り向き、満面の笑みで話し掛ける。

「ちゃんと味方を見極めなきゃ駄目だよ。あと、人参《にんじん》食べないと！　ね、アデライト姉様」

私はアメリの言葉に付け足した。

「だ、そうですよ。アデライト姉様。いいかげん、その女神様ゴッコもおやめくださいね。気持ち悪いので」

「……っ！　ソフィア！　アメリ!!」

今まで誰にも見せたことのないほど酷《ひど》い形相のアデライト姉様。その様子に、みんなが驚いている。

アデライト姉様の仮面が一枚剥《は》がれた瞬間だ。

まずいことになっているとようやく気がついたのか、ずっと茫然《ぼうぜん》としていたお母様が、おずおずとアメリを諭《さと》す。

「アメリ、私の可愛い天使ちゃん。アデライトに謝りましょう？　あぁ、ソフィアの真似などしなくて良いのよ？　脅《おど》されてるのかしら？」

だが、アメリは首を横に振った。

「お母様、ごめんね。沢山《たくさん》反省しよう。ね？」

「……ソフィアもアメリも、私に反抗して……アデライトは……アデライトは……」

お母様はぶつぶつ呟《つぶや》きながらフラフラと立ち上がる。アメリを抱きしめようとしたが、騎士たちや私、ルチータ王子にアルまでいたため叶わなかった。

アメリに触れられず、お母様はショックを受けている。

けれど、何故《なぜ》、自分は被害者です、という顔をしているのか？　私には分からないわ。

「ソフィア……!!　貴女《あなた》、本当に生意気になったわ。貴女《あなた》はいつも下を向いて、美しい私の踏《ふ》み台になっているべきでしょ!!　いい!?　私が一番偉いのよ！　美しい、この私が！」

突然、アデライト姉様が叫んだ。あきらかに様子のおかしい彼女から、取り巻きたちは次々と離れていく。

「聞いたか？　あの花の女神アデライト様が……なんて酷《ひど》いことを……」

「いつも守ってあげたくなるようなか弱い女性だと思っていたのに……凄《すご》い顔だな」

そう呟《つぶや》いている。

アデライト姉様は苛々《いらいら》した様子を隠そうともせず、私を睨《にら》んだ。

アルが私の肩を抱き寄せてくれる。きっと私の気持ちを察してくれたんだろう。

……本当はまだ、昔の私が、アデライト姉様に逆らってはいけないと叫んでいる。

でも、大丈夫。

アルが、みんなが、いてくれる。

もう下を向いていた私じゃないわ。

私は気合を入れて、アデライト姉様をきつく睨《にら》んだ。

「アデライト姉様、ご自慢の美しい顔が歪《ゆが》んでいますよ、よろしいのですか？　化けの皮が剥《は》がれかけているついでに、もう一つ。アデライト姉様、貴女《あなた》、健康ですよね。毎晩、一人で外出しているので何をしているんだろうと調べたんです。アデライト姉様も……敵国の者と不正取引をしていますよね」

「なっ!!　証拠もなく、そんなデタラメを——!」

アデライト姉様が叫ぶが、アルがその言葉を遮《さえぎ》る。

「王都にある高級ブティック『キャロット』の支配人からの情報だ。あそこも不正取引で既《すで》に取り押さえられている」

「……はあ!?　何それ！」

「支配人に高額な口止め料を渡してたようですね。アデライト姉様……」

そこで国王様が騎士たちに命令した。

「マカロン家当主のジェイソンに加え、そこにいる二人も捕らえて牢に入れろ！」

「「「ハッ!!」」」

「私は！　私は！　マカロン家当主のジェイソンだぞ！　やってない！　やってないぞ！　ソフィア!!　裏切り者め！　この頭をどうしてくれる！　いつ髪の毛が抜けるのか、不安になるだろう！」

「私は母親です！　可愛い子供を傷つけて、それを見過ごすなど、しておりません!!　ソフィア!!　貴女《あなた》も早く撤回しなさい！　なんて分からない子なの！　全部、全部貴女《あなた》たちのためなのに！　母親を！　私たちを捨てるの!!」

お父様、お母様……小さい頃は二人と手を繋いでお散歩をしたこともあったわね。

理不尽なことを言われても、きょうだいたちの後回しにされていても、どうしても……親である貴方たちに期待をしていた。いつか私を……愛してくれると。

家族が一番大好きだと胸を張って言いたかった。

お母様にぎゅっと優しく抱きしめてもらいたかった。

お父様に沢山《たくさん》褒めてもらいたかった。

私は連行されていくお父様とお母様に頭を下げる。

「……見捨てられていたのは私です。私はずっとそれに気づかないふりをしていた」

サヨナラ。お父様、お母様。

アデライト姉様だけは、ただずっと私を睨《にら》み、唇を噛《か》みしめている。

「ソフィア……」

最後にお母様の優しい声が聞こえた。

第七章

あのお茶会の騒動で、マカロン家の評判はガタ落ちした。

事業や家計の切り盛りなど、お父様とお母様の代理は一時的にシリウス伯父様がしてくれている。

そのままマカロン家当主に、という声が屋敷の者から上がっていたけれど、伯父様は当主になどなる気はないと断った。

「――私はね、平民もありだよ！　沢山人参畑《たくさんにんじん》を作っていく!!」

「確かに、爵位を剥奪《はくだつ》されたなら、平民として生きるという選択もあるけど……そうしたらアメリ、ルチータ王子のお姫様は難しいね」

「ガガーン!!　そ、それは考えてなかった！　今のなしだよ!?　ハッ！　シリウス伯父様ー！ちょ、待って!!　いかないで！　今のなしだよ!?」

アメリが必死でシリウス伯父様やルチータ王子本人に訴えたお陰なのか、なんとか爵位剥奪《はくだつ》は免《まぬが》れマカロン家は存続となる。

一からのスタートだ。

マカロン家の屋敷にいた多くのメイドたちと執事は、私の少ない宝石を盗むことを黙認されていたと発覚した。

彼らは当然、解雇する。

そして現在。

私は……国王様に屋敷から出ないように命じられていた。

剣も握れず、練習も駄目。

部屋から一歩も出られないのよね。

騎士学校の先生方にも叱《しか》られ、私はお茶会で騒ぎを起こした罰として一週間の外出禁止となったのだ。

コンコンとドアを叩《たた》く音がする。きちんとした身なりのアルと、執事姿の花屋のおじさんが謹慎中の私の部屋に入ってきた。

「ソフィア」

「……アルの偽お父様は、執事だったのね」

「ソフィアちゃん、騙《だま》しててごめんね」

花屋さんだとばかり思っていたおじさんは、護衛兼執事らしい。それにしても執事姿が似合わないわね。

彼はペコリと頭を下げて部屋を出ていき、私とアルの二人っきりになる。

アルは慣れない服装のせいなのか、少しぎこちない。

「ふふふ。アルフレッド王子様と呼んだほうがいいのかしら」

「笑うな。アルでいい。似合わないことは自分でも分かっている」

「……お茶を用意してもらいましょう。少し長い話になる。そうでしょう？」

私たちはソファに座り、温かい紅茶を待つ。

しばらくして運ばれてきた紅茶を、私は一口飲んだ。

アルは紅茶を眺めながら呟《つぶや》く。

「……うまいな、この紅茶。これは捨てる予定だった白薔薇《しろばら》で作ったやつか」

「そうよ」

「ソフィアは凄《すご》いよな。諦めずに家族の問題を解決しようとしていた」

「……結局、人に助けられてばかりだったわ。アル。貴方にも」

私はアルに白薔薇《しろばら》入りクッキーを渡す。

彼はそれを食べた後、長い間、沈黙し続けた。

やがて私の顔を見て語り出す。

自分のことを。

「――俺は……俺は自分の親を殺したんだ――」

◆　◆　◆

「――母さん。今日は沢山人参《たくさんにんじん》を貰《もら》ったから、人参《にんじん》たっぷりのシチューにしよう」

「まぁ、アルフレッド。凄《すご》い量ね！　よく運べたわ!!」

綺麗な茶色の髪を結い、ベッドで寝ていた母親に、俺は貰《もら》った人参《にんじん》を見せた。

「えぇ～、このくらい普通だよ」

ちょっと反抗してみると、母は頬を膨らませながら俺の頭を撫《な》で、文句を垂れる。

「ハァ、まだ六歳なのに、どうしてこんなにクールなのかしら？　たまには『人参《にんじん》やだー！』って泣いてほしいわ。本当は人参《にんじん》嫌いなくせに』

「……食べれる」

「んま！　強がっちゃって！」

六歳の頃、俺は小さな村にある山の奥で母と二人暮らしをしていた。

質素な生活だったけれど、それなりに楽しかったと思う。

たまに遊びに来てくれるお爺さんもいて、彼に剣術を習っていた。

そのお爺さんはとても不思議な人だった。

「やあ。アルフレッド」

「あ、お爺さん」

白髪《しらが》に紫色の瞳をしたお爺さんが訪ねてくる度に、母は頭を下げてお礼を言う。

お爺さんがそれに対してなんと応《こた》えていたかは覚えていない。

彼の興味はもっぱら俺にあった。

「ふむ。アルフレッドは剣術の才能があるな。……親に似たのかな」

「母さんに？　それはないよ。あの人、人参《にんじん》すら切れない人だもん」

そう話すと、お爺さんは俺の目線に合わせてしゃがみ込む。

「お母さんが好きなんだね。……だけどね、よく見てごらん。もう……彼女は……お前の母親は亡くなっているんだよ」

俺は持っていた人参《にんじん》をバラバラと地面に落とす。

亡くなった？　誰が？　母さんが？　え？

今、話していたのに？

急いで母のもとへ行くと、誰もいない。

――そうだ、いなかったんだ。

「……そっか。亡くなってたんだ」

一ヶ月前に母は病気で亡くなっていた。

母の死を認めることができず、幼い俺は一人で生活――していたわけではない。一緒にいた俺の執事だという人に面倒を見てもらっていた。

そして、いつも剣術を教えてくれていたお爺さんは、実はこの国の王様だった。

お爺さん――アレク王は俺の祖父らしい。そして実の父親はオリバーという名の王太子で、俺は城に行かなければいけないと説明された。

「……なんで、今更迎えに来たの？」

「ここで暮らしてもらっていたのは君のお母様と君を守るためだったんだが、息子たちに知られてしまった。すまんな……だが、お前は王族としての宿命を背負わねばならん」

祖父は俺をぎゅっと抱きしめ、手を取って城に連れていった。

だが、すぐには父親と会わせてもらえなかった。

俺を誰とも会わせないようにしていたのは祖父だ。

美味《おい》しい食べ物や綺麗な服、広い部屋を用意してもらって、嬉しいけど……またあの家に戻りたかった。母さんの好きな白薔薇《しろばら》がそろそろ咲く時期だし。

「アルフレッド王子、このお菓子は美味《おい》しいですぞ？　食べてみませんか？」

「……ねえ、シルク。なんで俺の執事をしてるの？　本当は騎士だったんだよね。執事の服、凄《すご》く似合わないけど……」

「ふっ、いつかは着こなせますっ！」

俺が母さんだと思い込み、一ヶ月間、生活を共にしてくれていたシルクは、城の騎士だった。俺の存在を密《ひそ》かに知り、自ら執事になると名乗り出たらしい。

この城で唯一接触できるシルクと話していると、廊下からメイドの大きな声が聞こえた。

「オリバー王子！　お待ちくださいませ！　そちらへは――!!」

バン!!

ドアが勢い良く開く。

俺の隣にいたシルクがバッと前に出て、俺を守る体勢になった。

現れたのは、金色の髪に紫色の瞳の男性だ。

彼は俺を見て鼻で笑う。

「はっ、なんだ！　あのアバズレ女の子供でも、私に似てたら情が湧くかと思ったら。可愛くない奴だ」

それが、初めて会った父親のオリバーだった。

オリバーはとにかく酒癖が悪く、気に入った女にすぐに手を出す最低な男だ。だが、剣術の才能だけはずば抜けていた。

——バキッ!!

城の鍛錬場《たんれんじょう》に強く打擲《ちょうちゃく》の音が響く。

「アルフレッド！　何度言ったら分かるんだ!?　急所を狙え、馬鹿が！　くそ！　その髪も顔も父上そっくりすぎで腹が立つ！　まだ俺を次の王と認めない！　あの貧弱な弟のほうがいいだと!?　くそ！　くそ！」

「ガハッ！」

あれから父親は俺に剣を教えると宣言した。

だが、それはただのストレスの捌《は》け口《ぐち》になる。

「あらあら、オリバー様。その子ですか？　貴方の子供というのは」

綺麗なドレスを着て現れるのは、父親の本妻だ。彼女は俺を睨《にら》み、突然、「パァン！」と俺の頬を叩《たた》く。

「あのアバズレに似てるわね。……来週、貴方の存在を公《おおやけ》にするらしいけど、まだ私に子供ができないからと馬鹿にしないほうがいいわよ！　ああ、本当に腹が立つ！　いいこと！　私たちの間に生まれる子供が王位継承権を持つんですからね!!」

誰も王位継承権など望んでいない。

俺は祖父に会いに行った。

コンコンと祖父の部屋のドアを叩《たた》くと、「入れ」と弱々しい声が返ってくる。二ヶ月前まではとても元気そうだったのに、祖父は病《やまい》に倒れたのだ。

彼は病気なのにもかかわらず、温かく俺を迎えてくれた。

「……アルフレッド。その傷……？　またあの馬鹿息子か」

「うん。でも、大丈夫」

祖父と話していると、男の子が一人、沢山《たくさん》の花を持ってやってくる。

「おーい！　おじいさまー！　お花が沢山《たくさん》咲いてましたー！」

同じ年くらいの彼は金髪で、瞳は紫色。その後ろにはその子の父親と母親らしい人がいる。

「んー？　お前、誰だよ!?　僕はルチータだ！」

「……アルフレッド……」

「何歳だ!?」

「六歳」

そう答えると、ルチータという男の子はニッコリと笑いかけてきて握手をしてくれた。

「僕は、七歳！　ということは、僕がちょーなん！　上だ！　お兄さんになる！　よろしく」

ルチータの後ろにいる男の人も挨拶《あいさつ》してくれる。

「君のことは聞いてるよ。私は君の叔父だな。お菓子は好きかい？　妻のマフィンは格別に美味《おい》しいんだ」

「ふふ、野菜がたっぷり入ってるの。あ、一応毒味はしてあるから、大丈夫よ！」

……とても温かい人たちだ。

祖父も嬉しそうに笑い、みんなで用意されたマフィンを食べ始める。

俺も一口貰《もら》った。

久しぶりに、母のあの不器用な、マフィンなのかマフィンじゃないのか分からないくらいカチカチで美味《おい》しくないマフィンが食べたくなり、涙を流す。

ルチータの母親はそんな俺の頭を撫《な》でてくれた。

「マフィン美味《おい》しくないかしら？　人参《にんじん》を沢山《たくさん》入れちゃったの……」

「……美味《おい》しい、です」

「そう？　良かったわ」

「母上！　僕は人参《にんじん》が嫌いだよう！　でも、食べないと、人参《にんじん》のお化けが来るぞ！　よし、アルフレッド！　僕と遊ぼう！　そして、一緒のベッドで寝るんだ」

ルチータは……自分が兄だと主張しながらも、お化けが怖いから一緒に寝ようと言ってくる。

その前に探検しようとも。

けれど、自分から言い出したことなのに、すぐに飽きてしまう。

お菓子を沢山《たくさん》食べると言い張って吐くまで食べたり……

彼と一緒にいると、本当にキョウダイができたみたいで嬉しく、そして寂しくなくなった。

だって、俺の本当の家族は……

「ルチータ、お前、馬鹿だろ」

「いーや僕は天才だよ！　そしてカッコいい！　あ、見て！　虫だ！　捕るぞ！」

「……そんなに必要？」

ルチータはニコニコと沢山《たくさん》のダンゴ虫を両手いっぱいに持って、走り出す。

「さあ！　弟よ！　これをおじいさまにプレゼントだ！」

それは嫌がらせだと忠告しても、ルチータは聞かない。

俺たちは護衛の目を盗んでコッソリ祖父に会いに行った。

どうやって祖父の部屋に忍び込もうかと悩んでいたのに、部屋の前には何故《なぜ》か護衛が一人もいなかった。

「……なんか静かだ」

「えー？　そうか？　みんなさ、お昼寝だな」

いや……違う。

何かが違う気がする。

この部屋に入ったら……

ルチータがダンゴ虫を持った手でドアを開く。

その瞬間、誰かがルチータの頭を鷲掴《わしづか》みにした。

「いった⁉　なっ……誰だ⁉　うっ！」

「ルチータ！」

俺はルチータを助けようとする。

だけど、途中で身体が硬直した。

ルチータの頭を鷲掴《わしづか》みにしているのは――

「……あ。……な、なんで……」

「ちっ。父上の護衛騎士のチャーリーが不在だと聞いて決行したのに、とんだ邪魔が入った。……ルチータか。お前も邪魔だから、一緒に消してやろう」

全身血まみれの格好で剣を握っていたのは、俺の父であるオリバーだ。

そして祖父は……彼に殺されていた⁉

「……おじい……さま」

「……うっ……アル……ルチー……にげっ」

いや、微《かす》かにまだ息がある！

俺の呟《つぶや》きに反応し、祖父が俺たちに逃げろと忠告した。

どうにか祖父を助けたかったが、このままではルチータが殺される！

「やめろ！　ルチータを放せ！」

俺は必死で父に訴える。

だが、オリバーは邪魔だと言って俺に蹴りを入れた。

「ガハッ……」

「アルフレッド!!　ぐすっ……おじうえ！　いつか、いつか、悪いことしたら、沢山《たくさん》のお化けが、お仕置きしに来るんだからなー!?　うぐっぐっ……」

父のそばにはニヤニヤと高みの見物を決め込んでいる、彼の本妻もいる。

「あぁ、やっぱりオリバー様はお強いわ。一人で数十人の護衛騎士を倒したんだもの！　ついでにちょうどここにいる王子二人がいなくなれば、確実にこの国の王母になれるっ。あとは後継ぎを産めば良いだけ！」

「ふん、あのチャーリーがいないからできたことだけどな」

父がルチータに止《とど》めを刺そうとする。俺は大きな声で叫んだ。

「やめろぉぉお!!」

急いでルチータに覆《おお》い被《かぶ》さって庇《かば》うと、父の剣が俺の背をかすめ、背中から血が流れた。

「あわわわわっ！　アルフレッド、あぁ！　血があ！」

「……ルチータ……うるさいよ……」

パニックになっているルチータを、俺はどうにか落ち着けようとする。

父の本妻がそんな俺の髪の毛を引っ張った。

「何、邪魔ばかりしてるの!?　本当にあのアバズレと一緒でわずらわしいわね!!　殺しておいて良かったわ」

「……は？　何を……」

俺を殺せると確信しているのか、女は笑いながら話す。

母は病《やまい》で亡くなったわけではなかった……父との子ができたのが悔しくて憎くなり、わざわざ捜し出して病弱な母に毒を与え続けろと、女が村の医師に頼んだのだ。

プチンと、何かがキレた。

その後のことは何も覚えていない。

気がつくと、真っ赤に染まった部屋で倒れている父と女。

泣きじゃくるルチータが、俺をぎゅっと抱きしめてくれた。

「アルフレッド！　ヒック！　ごめっ……いちばん上の僕が……まもらなきゃいけなかたのに……!!　ごめっ……よわっちくて……!!　だ、だから……だから泣くなぁぁあ！」

血に染まった部屋で二人、ただ泣いていた。

その後。

今の国王陛下——つまり叔父が助けにきてくれる。

叔父は俺の罪を黙って被《かぶ》り、『兄を殺し王となった』と貴族たちに噂されるようになった。

◇◇◇

——そうして、自分の気持ちが落ち着くまで今の暮らしをすることになった、とアルは話してくれた。

「……花屋として働くことになってすぐ、ソフィアと出会ったんだ。家族に虐《しいた》げられてもめげずに頑張るソフィアが、なんとなく気になった」

「……アル……」

「俺は王子でもなんでもない。ただの罪人だ。どんな理由であれ、人を殺した。しかも実の親を……」

「アル」

「……言い訳をしたくないとか嘯《うそぶ》きながら、今までそんな過去から逃げていたんだ。あの人たちに優しくされればされるほど、自分がどれだけ罪なことをしたか思い知らされて……」

「……アル、ありがとう。話してくれて」

私は彼を励ますようにぎゅっと抱きしめる。

いつも自分のことばかりで、私は一番の理解者であるアルの苦しみを知ろうともしなかった。

私がどれだけ救われたか、アルは知っているのかしら。

「アル……私……」

「ソフィア、俺は――」

私たちが見つめ合った瞬間、ドアの向こうから小さな声が聞こえる。

「ルチータ王子様！　盗み聞きはね、いけない子がすることなんだよ!?　お耳取られるよ！」

「ハハ！　小さなレディ。可愛い弟の恋がどうなるか、兄としては見届けないとね」

ルチータ王子とアメリの声だ。

……丸聞こえだわ。

私とアルは同時にドアを開ける。

ルチータ王子とアメリが同じようにきょとんとした表情で反応して、なんだか少し笑ってしまった。

◆　◆　◆

暗い牢屋の中。

アデライトは壁に向かってガリガリと剥《は》がれるほど爪を噛《か》んでいた。

「あの子のせいで、あの子のせいで！　みんな私から離れていったじゃない!!」

小さな手鏡をポケットから取り出し、自分の顔を見つめる。

「……苛々《いらいら》したせいか、肌が荒れてきたわ」

そう呟《つぶや》く彼女に、隣の牢にいた母親が話し掛けた。

「……ソフィアもアメリも私を母親と思っていないみたいだったわ！　いつも優しい母だったのに!?　なのに、なんで……アデライトはどうしてだと思う……うぅ」

泣き事を言い続ける母親に、アデライトは冷たく返す。

「優しい母？　何を言ってるの。ただお父様の言いなりだったくせに。本当にお母様って、何もできない人よねぇ。美しくもないし。そのくせ、お父様以外の男性ともお付き合いしてるんだもの。

笑っちゃうわ」

「ちょ、そ、それは言わない約束で――!!」

「ハァ……、お母様たちのことなんてどうでも良いわ。私ね、久々に腹が立っているの……ねえ、ソフィア、覚悟しておきないさいよ」

アデライトは微笑《ほほえ》みながら、そう呟《つぶや》いた。

その時――

「――愛しいアデライト……!! 助けに来た!」

汗だくになったオスカーが、王子様のようにアデライトを助けにかけつける。

厳重な警備の中、どうやってこの牢まで辿《たど》り着《つ》いたのか？

「……あら？　オスカー様、どうしてここが？」

アデライトは驚きもせず、ゆったりと笑みを深めた。

「警備兵をこの薬で眠らせたのさ。さあ、早く！　僕の愛しい人」

「…………そう」

オスカーは牢の扉を開け、アデライトを抱き上げる。隣の牢にいたアデライトの母親が手を伸ばした。

「アデライト!!　貴女《あなた》だけ逃げるの!?　母を助けてくれないの!?　アデライトォ!!」

助けを求める母親に、アデライトは冷たい眼差《まなざ》しを向ける。

「サヨナラ」

そう言って、牢から逃げた。

数日後。
私はアルからアデライト姉様が牢から脱走したと聞いた。

第八章

その日。

シリウスの屋敷で引《ひ》き篭《こも》っているジェイコブは、編み物をしていた。

アメリの専属メイドが彼を訪ねてきて、手紙を渡す。

それを読んだ直後、ジェイコブは顔を真っ青にした。

「アデライト……ソフィア……アメリ」

沢山《たくさん》のお菓子とできあがった編み物を持ち、プルプル震える足を一歩、もう一歩と部屋の外へ動かす。

そうして、勇気を振り絞ってどうにかマカロン家の屋敷に戻った。

◇　◇　◇

ちょうどその頃。

私は屋敷の応接室で、シリウス伯父様とアル、ルチータ王子に今後について相談していた。

マカロン家の事業を信用できる他の貴族に任せる手続きや、お父様たちの処罰がどうなるのか、問題が山積しているところに届いたアデライト姉様の失踪《しっそう》の報《しら》せ。

アデライト姉様は、一体どこにいるのだろうか？

頭を悩ませているところに慌ただしく、ペリドット様とルイス様がやってくる。

「ペリドット様？　どうかなさいましたか？」

「ハァハァ……あの馬鹿……息子っ！」

「あの、まずは落ち着いて……」

ペリドット様たちはルチータ王子の存在に気がつくと、丁寧に頭を下げた。一呼吸おいて、事《こと》の次第を話し出す。

「ルチータ王子、申し訳ありません。あの馬鹿息子がアデライト嬢の脱獄に手を貸していたようです。……これは我が家の失態です。フォルフ家全員で罰を受けますっ」

どうやら、アデライト姉様の逃亡はオスカー様の手助けがあってなされたものだったようだ。

オスカー様ねぇ……あら、すっかり存在を忘れていたわ。

アルとルチータ王子はすぐに二人を国外へ逃がさないよう、国境を全て封鎖するように城にいる衛兵に指示を飛ばす。

けれど、私はその話に違和感を覚えた。

アデライト姉様が国外逃亡？　あの人はむしろ……

首を傾《かし》げる私のドレスの裾《すそ》がツンツンと引っ張られる。アメリが真顔で話し掛けてきた。

「ソフィア姉様。剣を肌身離さず持っててね」

「……アメリ？」

「困ったなぁ。私のお兄様も、お姉様も、みんな変に負けず嫌いなんだもん。絶対にアデライト姉様は来るよ」

「……そうね。私たち兄妹って、負けず嫌いよね」

アデライト姉様は我が家に戻ってくる。

私たち姉妹はそう確信していた。

それにしても、アメリは本当によく周りを見ている子だったのね。

次にアメリはキッと凛々《りり》しい顔を私に向ける。

「ソフィア姉様！　あと、これが一番ね、大事なことなの！」

「何かしら？」

「プリンをもう一個食べていーい？」

「……駄目よ。既《すで》に十個も食べているのはバレてるわ」

「ガガーン！」

何を言い出すのかと思ったら……

シリウス伯父様がこっそりとアメリにプリンをあげていることは、バレバレなのよね。何故《なぜ》なら、伯父様は私にも同じようにお菓子を沢山《たくさん》くれるんだもの。

シリウス伯父様のほうをチラッと見ると、プイッと顔を逸《そ》らされる。

バン!!

その時、突然、屋敷の玄関の扉が勢い良く開く音が聞こえた。

まさか……！　アデライト姉様⁉

私は慌てて玄関ホールに向かう。

「アデライト！　ソフィア！　アメリ！　僕が来たから、もう喧嘩《けんか》などするな！」

「……ジェイコブお兄様」

「ソフィア！　キョウダイで争いは駄目だ！　みんな、そう、一緒に編み物をしよう！　焼き菓子も作った！　これは名案だ」

……何故《なぜ》か、カッコ良い僕が来ました！　というような顔で現れたジェイコブお兄様だった。

お兄様は引《ひ》き篭《こも》っていたはずなのに。

「ジェイコブお兄様、可愛らしいぬいぐるみをお持ちですわね」

私はお兄様が抱えているぬいぐるみを眺める。

加えて、甘い香りがする沢山《たくさん》の焼き菓子。

続いて駆けつけてきたアルが、ジェイコブお兄様を見て警戒態勢をとる。携《たずさ》えていた剣を構えようとするのを、アメリが止めた。

「どうした？」

「駄目。ジェイコブお兄様も、みんなが大好きだから。駄目！」

アメリはジェイコブお兄様の名前を呼ぶ。

「ジェイコブお兄様ッ！　おかえりなさい！」

ジェイコブの胸に飛び込むアメリを見たルチータ王子が、アルに向かって笑顔でめいっぱい手を広げた。

「……え、何？」

「私たちも！　再会の抱擁《ほうよう》をしないとね」

「ソフィアにするならまだしも……やだ」

二人のやり取りをクスッと笑って、私もジェイコブお兄様のもとへ行く。

「ジェイコブお兄様、お久しぶりです」

「あ、あぁ……」

私はジェイコブお兄様を応接間に通した。

お兄様と会うのは剣術大会以来だわ。

ソファに座ったお兄様は、編み物を始める。そうすることで、気持ちが落ち着くんだと教えてくれた。

まだ心配しているアルが私の隣に座る。

「……お前の兄は随分……変わった？　ようだな……」

「そうね。私、知らなかったわ。お兄様が編み物や甘いお菓子が好きだなんて……」

毎日遅くまで剣の練習をしていたし、お菓子を強請《ねだ》る姿など見たことがない。私と同じで、甘いものより辛《から》いものが好きなんだろうと思っていた。

ジェイコブお兄様が私の顔をチラッと見る。

「ソフィア、父上たちのことは聞いた。……僕は長男なのに、家の後始末を全部お前に押し付けてしまったな。僕は、なんでもこなすお前に嫉妬《しっと》をしていたんだ。すまない……謝ったところで信頼を取り戻せないのは分かってる。でも……本当にすまない。今なら分かる。僕はソフィアに負けて良かったんだ」

ソッと焼き菓子を渡してくれた。

「……今更……優しくされても、困ります」

「何度でも謝る。でも、許せないという気持ちも理解できるんだ。だから、今日いっぱいでソフィアと……アメリとも会わないようにする。……それと、秘密にしてたが、僕は甘いお菓子と編み物が好きなんだ！」

「そうね、見てれば分かりますわ」

「へ、変だと思わないのか？」

「……いえ？　変じゃないわ」

私がそう言うと、ジェイコブお兄様はポロポロと泣き出す。

「ぐすっ……そっか……変じゃないのか……」

ずっと好きなことを我慢していたのね。私も下を向いて我慢ばかりしていたわ。

……でも、私はまだジェイコブお兄様を完全には許せない。いつか……また小さな頃のように話せるようになるかしら？

そう考えていた時、ルチータ王子が部屋に戻ってきた。

「オスカーとアデライト二人の行方が分かったよ。二人は今、港にいるみたいだ」

予想が外れた。二人で愛の逃避行かしら？

私はスッと立ち上がり、ルチータ王子に同行させてもらえるよう願い出る。続いて、ジェイコブお兄様も頭を下げて一緒に行きたいと頼む。

「ハイ！　私も行くからねー！」

「アメリ、貴女《あなた》はお留守番よ。遊びじゃないわ」

「ガーン！」

むくれるアメリを置いて、私とアル、ルチータ王子、ジェイコブお兄様、オスカー様の弟のルイス様は、騎士団の人たちを引き連れて港へ急いだ。

◆　◆　◆

「――アデライト！　迎えに来てくれたぞ！　フォース国の船だ！　あの船に乗って、フォース国へ行こう！」

「……ふふ、とりあえずは身を隠す必要がありますものね。色々と準備をして……私を馬鹿にした者、……ソフィア……みんなも……殺したいわ」

「アデライト！　僕が君を守るさ！　さあ行こう！」

「……本当にオスカー様って扱いやすい方ね」

国境近くの港には、隣国フォース国の者たちがアデライトたちを迎えに来てくれていた。豪華な船が接岸し、乗っていたフォース国人がアデライトに挨拶《あいさつ》をする。

「アデライト様には、宝石やこの国の情報などを大量に頂いておりましたからな。助けるのは当然です。皆、アデライト様を聖女と讃《たた》えております」

「ふふ、やだわ。褒めすぎよ」

見《み》え透《す》いたお世辞だが、アデライトはまんざらでもなさそうに笑みを浮かべる。すすめられるまま、オスカーと共に彼らの船に乗ろうとした。

「待って！　アデライト姉様!!」

だがそこへ、ソフィアが大勢の騎士を率《ひき》いて現れる。

船に残っていたフォース国の者たちが港に降りてくる。

「アデライト姉様！　何故《なぜ》、貴女《あなた》はフォース国の人間とそこまで繋がっているの！」

「ふふ、何故《なぜ》って……私の美しさのためよ」

ソフィアに問《と》い詰《つ》められても、アデライトはただ笑うだけだった。

◇　◇　◇

——間に合った！

港に急行した私たちはアデライト姉様たちがフォース国のものらしい船に乗ろうとしているのを

見つけた。

船に乗られる前に声を掛ける。

「待って！　アデライト姉様!!」

アデライト姉様は足を止めて振り返った。

「アデライト姉様！　何故《なぜ》、貴女《あなた》はフォース国の人間とそこまで繋がっているの！」

「ふふ、何故《なぜ》って……私の美しさのためよ」

意味が全く分からない。

私の後ろにいたジェイコブお兄様はアデライト姉様を見て動揺しているのか、編み物を始めた。

「ソフィア！　僕たちの愛のためなんだ!!　邪魔しないでくれ!!」

「いたのね、オスカー様」

アデライト姉様を庇《かば》って、姿を現したオスカー様。

ルチータ王子に続いて港に着いたルイス様は、その様子に呆《あき》れている。

「兄上、なんて愚かな……」

アルがすっと私の隣に立つ。

「大丈夫か？」

「大丈夫よ。アルがいるもの。ありがとう」

不意にルチータ王子が、私たちの間に入ってきた。

「お二人さん、今は二人の世界を作るの、やめてくれるかい？　それにしても、ここまでアデライト嬢が敵国と繋がっていたなんて、知らなかったよ」

そのアデライト姉様は、私をずっと睨《にら》んでいる。

「アデライト！　早く、逃げよう！」

オスカー様がアデライト姉様の手をとった。けれど、姉様はその手を振り払って、近くにいたフォース国の兵から剣を奪う。

グサッ……！

「……え……アデライト……？」

「邪魔ですわ。オスカー様」

オスカー様のお腹《なか》から血が流れ出てきた。

アデライト姉様は今オスカー様のお腹《なか》を刺したばかりの剣を私に向ける。

「……ふふ、マカロン家の長女である私に、剣が握れないと思っていたのかしら」

「アデライト姉様っ」

ジェイコブお兄様は更に動揺しているようで、汗だくになりながら編み物をする手のスピードを上げた。

「アデライトが！　アデライトが！　剣を――!?」

「ジェイコブお兄様、落ち着いてくださいませ」

「ふふ、それにフォース国のみんなはね、ソフィアやジェイコブお兄様と違って私の味方なの！」

姉様が剣にベッタリとついた血をハンカチで拭き取る。その表情には自分の優位を確信している余裕があった。

「……アデライト姉様。本当にその方たちはフォース国の方なのかしら？」

私はアデライト姉様をまっすぐ見つめる。

姉様はハッとして、自分のそばを固めている兵を見回した。フォース国の兵士の制服に似た服を着てはいるが、全員、我が国の衛兵たちだ。

「え、フォース国の旗《はた》があって――！　じゃあこれは……」

「本物のフォース国の者たちは既《すで》に捕まえております。アデライト姉様が脱獄する前から、怪《あや》しい船が港の近くに潜《ひそ》んでいるという情報が入っていたそうですから。諦めてください、愛の逃避行もこれまでですよ」

悔しそうな表情になったアデライト姉様が私を睨《にら》む。

「……本当に昔から気に食わないのよ！　自分はなんでも我慢できる良い子です、とても可哀想な子なんですって顔をして！　みんなの顔色をただ窺《うかが》ってばかりだったくせに！」

そう叫んだ。

ジェイコブお兄様は猛獣《もうじゅう》を宥《なだ》めるかのような口調で話し掛ける。

「ア、アデライト！　よ、よ、よし！　落ち着け！　そうだ！　僕が作った甘いお菓子を食べようじゃないか」

「はぁ!?　気持ち悪い！　話し掛けないでよ！」

「がーん……」

空気を読まないジェイコブお兄様はアデライト姉様に気持ち悪いと言われ、固まる。

姉様は身軽な動きで衛兵の手をくぐり抜け、私を攻撃しようとした。

「ソフィア！」

「アルは下がってて！」

私は自分の剣を握りしめて、アデライト姉様の攻撃に備《そな》える。

カキン！

剣と剣がぶつかった。

何度も攻撃され、その度に剣で防ぐ。

何故《なぜ》、アデライト姉様は剣を扱えるのかしら？　ただ、想像よりは腕がいいけど……それほど強くはないわね。

ルチータ王子とアルが私たちを止めようとしたけれど、私は首を横に振った。

「私、アデライト姉様を一度ぶん殴りたいのよね」

「ふふ、あらやだ。怖いわね。私ね、ソフィアが――」

「私、アデライト姉様が――」

私とアデライト姉様は睨《にら》み合う。

「「大嫌い」」

剣と剣が火花を散らした。

剣の速さは当然アルのほうが上。私にとって、アデライト姉様の攻撃は特に問題にならない。

そろそろこちらからの攻撃に移ろうと様子を窺《うかが》っていたその時、血をポタポタと流しながらオスカー様が立ち上がった。

一人でぶつぶつ言いながら入れ歯……を入れ直している。

片方の手には何やら液体が入った小瓶を持っていた。

「アデライト……何故《なぜ》？　死ぬなら一緒に……。ソフィア、君は邪魔ばかりする！　僕たちは愛し合ってるんだ！　うわぁああ！」

瓶の蓋《ふた》を開け、私とアデライト姉様目掛けてかける。

「ソフィア！」

「ソフィア！　アデライト！」

アルが私に駆け寄り、庇《かば》うように抱きしめてくれた。

ジェイコブお兄様の声もしたけど……、どうしたのかしら？

私はアルの様子を確認する。

「……これ、なんの薬だ。変な臭いがする」

「え!?　大丈夫！　アル!?」

「大丈夫だ。それより……」

私とアルは互いの無事を確かめ合う。

同時にアデライト姉様の鋭い悲鳴が聞こえた。

「ギャァアァ！　痛《いた》い痛《いた》い痛《いた》い!!　私の美しい顔が!!　溶け……!?　半分……いやぁああ!!　なん

てことなの！」

「だ、だ、大丈夫だ！　アデライト！　半分は綺麗だ！」

「うっ、うるさい！　近寄らないで！　ジェイコブお兄様の顔も気持ち悪いわ!!　醜《みにく》いもの！」

どうやらアデライト姉様を庇《かば》ったらしいジェイコブお兄様を、姉様は突き飛ばす。

二人とも顔の皮膚が赤く腫《は》れ上《あ》がっていた。

瓶の中身は、皮膚を焼く薬品だったのだろう。

ジェイコブお兄様は……左の頬と手の甲が赤くただれている。

アデライト姉様は焦《あせ》った様子で手鏡を取り出し、自分の顔を映して青ざめた。

「……ははは」

オスカー様が虚《うつ》ろな目で笑った後、パタッと倒れる。その口から、コロコロと入れ歯が転がっていった。

アデライト姉様の被害はジェイコブお兄様より酷《ひど》い。お兄様が庇《かば》ったお陰で顔半分は無事だったものの……。

「……私の美しい顔が……醜《みにく》くなってるっ！」

そこにはもう、美しく気高いアデライト姉様はいなかった。

◆　◆　◆

「――ソフィアに止められているからプリンは駄目だよ」

「ガーン！　ガーン！」

ソフィアたちがアデライトを捕まえようとしている頃、アメリはシリウスと屋敷で留守番をしていた。

シリウスにプリンを食べたいとお願いしても叶えてもらえず、アメリはしょんぼりと窓の外を眺める。

国王が自ら騎士団を率《ひき》いて屋敷を目指しているのが見えた。

アメリは椅子《いす》から下りて、短い足で玄関ホールへ急ぐ。

けれど彼女が出迎える前に、国王と騎士たちは敷地内にずかずかと踏《ふ》み込んできた。

騎士団の一人が玄関ホールで国旗を掲《かか》げ、屋敷中に響く大きな声で宣言する。

「マカロン家及びフォルフ家の者を、国家反逆罪で逮捕する！」

マカロン家に残っていたオスカーの母親ペリドットはその声を聞き、ショックで床にへたり込んだ。

アメリを追って玄関ホールまで出てきたシリウスは、彼女を庇《かば》って抱きしめようとする。だが、アメリはそれを拒んだ。

「偉い人が来たから、ご挨拶《あいさつ》しなきゃ」

「……アメリ、お前は自分の部屋に戻ってそこで待ってなさい。私は国王陛下と話をしなければならない」

アメリはなかなか頷《うなず》かない。騎士の中から国王が一歩前に出た。シリウスは最敬礼をし、アメリも頭を下げた。

「マカロン家の末っ子か。元気で可愛らしい子だね。ルチータから聞いている」

「陛下……何故《なぜ》、自らこの屋敷に」

シリウスの問いかけに、国王はため息を吐《つ》いた。

「せめて、私自身で始末をしなければ、と思ってな。どうにもできなかったんだ。庇《かば》いきれなくなった。力のある貴族たちが全員、マカロン家の者たちを極刑にしろと譲らない。あの当主だけならなんとかなったが、アデライトという娘はとんでもないことをしたものだ。……私も妃もソフィア嬢を気に入っていたんだが……」

「そんな……陛下！」

その話をジッと黙って聞いていたアメリが首を傾《かし》げる。

「ねえ、シリウス伯父様プリン食べていーい？」

「アメリ、今はそんなことを言っている場合じゃないっ。あの馬鹿弟たちだけでも許しがたい罪を犯していたのに……」

「……最期のプリンになるかもしれないから。プリン食べていい？」

アメリは必死にお願いポーズをする。

シリウスと屋敷のメイドたちはその健気《けなげ》な姿にウルウルと涙目になり、アメリにプリンを三つ与えた。

「やった！　ありがとう!!」

アメリはニッコリと笑ってお礼を言った後、自分の部屋に戻ってプリンを窓辺に並べる。

「……はあ。……困ったなあー。とりあえず……食べよ」

ウサギのぬいぐるみをぎゅっと抱きしめてプリンを食べ、曇った空を見上げながら深いため息を吐《つ》いた。

◇　◇　◇

薬品を被《かぶ》り顔に傷を負ったアデライト姉様は、その後すぐ捕まった。

オスカー様は急所が外れていたのか、命は助かる。

けれど、『マカロン家』の状況は好ましいものではなかった。

様々な悪業が貴族社会に広まってしまい、マカロン家の爵位を剥奪《はくだつ》しろ、一族全員極刑に処せ、などの意見が収まらないのだ。

私は屋敷から出られる状態ではなかった。

「……すまない。僕のせいだ。親が……父上が悪いことをしているのはなんとなく分かっていたのに追及もせず、見て見ぬフリをしていたんだ。アデライトは……甘やかしすぎたのかな。いや、僕がしっかりするべきだったんだ」

ジェイコブお兄様は肩を落として編み物を続ける。

ある意味、マカロン家の者ではないシリウス伯父様が城に、私とアメリ、ジェイコブお兄様の罪を軽くできないかと訴えに行っていた。

アメリは余程ショックなのか、部屋に篭《こも》っている。

そんなある日。

アルとルチータ王子が屋敷を訪ねてくれた。

アルは不機嫌なオーラを出している。ルチータ王子はそんなアルに呆《あき》れ顔《がお》をしながら、私に書類を渡した。

「さて、ソフィア嬢に問題だよ。マカロン家とフォルフ家が没落すると、都合の良い家がある。その家とは、どこでしょうか？」

すぐに頭に浮かぶのは、サリバス家。

マカロン家とフォルフ家は、不正な取引をしていなかったとしても、とても豊かだ。領地は広く、いくつかの商売もしている。

そのせいで、他の貴族たちに敬《うやま》われる一方で、目の敵《かたき》にもされていた。

その筆頭がサリバス家だ。

あそこの家からは、よくいちゃもんをつけられているのよね。

私は渡された書類に目を通す。

それは、サリバス家がお父様とアデライト姉様の件をきっかけにして、一気に我が家を没落させる計画を立てていることについての報告書だった。

マカロン家が携《たずさ》わった悪業の証拠は沢山《たくさん》ある。どうしようもないと、国王陛下は頭を抱えているらしい。

当然だ。これをどうにかできる人はいないだろう。

書類を読み終え、私はため息を吐《つ》く。

「……少し風に当たりに行ってくるわね」

「俺も一緒に」

私はアルと一緒に眺めのいいバルコニーに出た。

それまで一心に編み物をしていたジェイコブお兄様が、それを見て首を傾《かし》げる。

「あ、あのルチータ王子。何故《なぜ》、僕の妹のソフィアとアルフレッド王子が仲良く二人でバルコニーへ行くのですか⁇」

「……さて、なんでだろうね」

そんな二人の会話は私には聞こえなかった。

「――ほら、何も食べてないんだろ。サンドウィッチを作ってきた」

「王子様の貴方が作る必要は、もうないわよ」

「好きで作ってるんだ。食べたほうがいい」

アルが私の頭を撫《な》でて元気づけようとしてくれる。

彼はいつも私のそばにいて、支えてくれていた。

「……騎士になる夢は叶いそうにないみたいだわ」

「そんなことない。らしくないな」

せっかく騎士学校のクラスメイトとも仲良くなって、楽しくやっていたのに……もう学校も無理かもしれない。

それにアルとは――

そう考えていた時、冷たい風が吹いてくる。

「……ソフィア、俺はお前が好きだ」

「それ、私がサンドウィッチ食べてる時に言う？　もう少しロマンチックな雰囲気の時にしてくれないと」

「今言わないといけないと思ったんだけどな」

「はは、何それ……」

少しの間、沈黙が続いた。

サンドウィッチを食べ終えた私は、アルを見つめる。

「アル、ありがとう。こんな私を好きと言ってくれて。本当に嬉しいわ」

アルは頬を赤らめた。そして、照れ臭そうに笑う。

「ソフィア、なんとか罪を軽くできる方法を――」

「罰を軽くできたとしても、私がマカロン家の者だということに変わりはないわ。アル、貴方は王族で……私は犯罪者を生んだ家の者よ。私たちが一緒にいることはできない。この国の誰も、それを望んでいないわ」
私が首を横に振ると、アルは私の手を握る。
「……お前の気持ちは？　それを聞きたい」
私の気持ちは――
私は黙り続けた。
シンと静まり返ったバルコニーで、アルが私の手を放す。
「……俺は諦めが悪いんだ」
悲しそうな顔で笑って、そこから離れた。
アルが去った後、私はペタンと床へ座り込む。
家族から虐《しいた》げられていても我慢できたのはアルのお陰だ。
騎士学校へ入れたのも、剣で人を守れることやその楽しさを教えてくれたのも彼だ。
ずっと、アルがいたから私は笑っていられた。
どんなに辛《つら》くても泣かなかった。
けど――
「……今はちょっと辛《つら》いわね」
一粒の涙が頬を伝った。
――そんなソフィアを見ていた者は誰も……いや、小さな末っ子が見ていた。

「ソフィア姉様……よし！　私に任せて！」

アメリはこそこそと人参《にんじん》を沢山《たくさん》確保する。そんなアメリの行動にルチータ王子だけが気づいていた。

◆　◆　◆

ソフィアに返事を貰《もら》えなかったアルは、急いで城へ戻った。

これまでのソフィアの境遇、騎士学校へ通っていた時の成績、マカロン家の悪事を暴いた功績などをまとめる。

その作業が終わりかけた時、ルチータ王子も城に戻ってきた。

「大丈夫だ。ソフィア嬢は無罪だよ。誰が見ても」

「……それでもサリバス家は強い。目の敵《かたき》にしていた家を潰《つぶ》す絶好のチャンスだ。多少強引なことをしてでも、一気に一族郎党を陥《おとしい》れようとするだろう。それに……明日、国王陛下の前で刑が決まるだろ。その陛下の様子が、おかしいんだ」

「さすが我が弟だ。どうやら、サリバス家は十二年前のあの出来事を出して父上と取引するつもりのようだ。あの家は、亡き伯父上オリバーの側近がいた家だからね」

「……？　その話を公《おおやけ》にしたところで誰が得するんだよ。あと、弟呼びはやめろ」

ルチータ王子は首を傾《かし》げる。

「父上はどうしてもあの事件に私たちが関わっていたことを隠したいようなんだが……いや、それでも明日のことは心配しなくていい」

「は？」

アルはルチータ王子を追及しようとして、やめた。何故《なぜ》なら、ルチータ王子の目が笑っていなかったからだ。

「目が笑ってないぞ」

「そりゃ、可愛い弟が悲しむ姿なんて見たくないさ。今この国は腐り切ってるしね。それは、父上が甘いせいでもある」

「……俺はどうしたらいい？　一人で抱え込むな。ルチータ……いつだって俺はお前の……」

「可愛い弟だね」

「違うっ。茶化すな」

ルチータ王子がクスッと笑ってアルの肩をポンと叩《たた》く。

「……さて、そろそろドブネズミを狩るとしようか」

アルはコクンと頷《うなず》いた。

◇　◇　◇

私とジェイコブお兄様は衛兵によって城に連れてこられた。

今日、マカロン家の刑が決まると知っている野次馬が沢山《たくさん》、城を囲んでいる。選ばれた高位の貴族たちは、刑が決まる玉座の間まで通された。

「あら、ソフィアさん？」

「ペリドット様……」

同様に引っ立てられたペリドット様と、判決が下される玉座の間の前で会う。

あんなに美しかった顔立ちは、やつれていた。

オスカー様は……後で連れてこられるみたい。私の父と母はもう玉座の間にいると聞いている。

アデライト姉様はオスカー様と一緒だ……

ペリドット様は私の顔を見て優しく微笑《ほほえ》む。

「……貴女《あなた》のような優しい娘がお嫁さんに来てくれる日を楽しみにしていたわ。それがこんなことになるなんてね。——ところで末の子は？」

「アメリはまだ小さいので、ここへは来なくてもいいと、国王陛下が配慮してくださいました。お父様とお母様と会うのは辛《つら》いかもしれないと……」

「そう……」

玉座の間の扉を前にして、ずっと私の後ろに控えていたジェイコブお兄様が編み物をやめて歩き出した。

開かれた扉から、最初に部屋に入る。

ジェイコブお兄様の登場に、部屋まで入れた貴族たちがザワザワと騒ぎ出す。部屋の奥には国王陛下と王妃陛下が座っていた。

私たちはゆっくり進み、国王陛下の前で頭を下げようとする。

しかしその時、耳障《みみざわ》りな大きな声がした。

「私は無罪だ！　無罪に決まっている！　離せ！」

「うぅ……アデライトもソフィアも私を捨てて!!」

ツルツルのハゲになったお父様と、目の焦点が合っていないお母様だ。

お父様はジェイコブお兄様の姿を見て驚く。

「あぁ！　ジェイコブ！　どうしたんだ、その顔は？　でも、お前がここにいるということは何か策があるのだろう！」

満面の笑みですがろうとするお父様を、ジェイコブお兄様は冷たくあしらった。

「……父上、罪は償《つぐな》うべきです。我々は罪を償《つぐな》うべきなんです」

「何を言っている!!　ハッ！　サリバス家！　そこにいたか！　お前が――」

ちょうどジェイコブお兄様の背中越しにサリバス家の当主を見つけたらしいお父様が、再び叫ぶ。

サリバス家の当主は、黄緑色の髪で髭《ひげ》がある人のようだ。

喚《わめ》くお父様がその男性に殴りかかろうとする。だが、許されるわけがなく、衛兵に取り押さえられた。

その騒ぎの最中、新たな人物が部屋に連れてこられる。

その人物の顔を見て、見物に来ていた貴族たちがざわめく。

「ヒッ！　化け物!?」

アデライト姉様とオスカー様だ。

アデライト姉様は手首を拘束《こうそく》された状態で、俯《うつむ》いていた。だが、どんなに顔を隠そうとしても薬でただれた部分は露《あら》わになっている。

そんなアデライト姉様の姿を、貴族たちは笑ったり、憐《あわ》れんだりした。

「アデライト嬢！　あれが？」

「あんなに美しかったのに、見る影もないわ！」

「反逆者らしい顔になったのでは？」

「クスッ。女王様ぶってたからよ……」

アデライト姉様を賞賛していたはずの人たちは、そんなことをもう忘れたみたいだ。

そこに、サリバス家の当主が声を上げる。

「陛下！　マカロン家とフォルフ家は国家反逆罪を犯しました。一族全員、死刑にするべきです！　親を死刑にされた子は国を恨みます！　禍根《かこん》を残さないためにも全員に罰を与えるべきです！」

「……うむ、娘のソフィア嬢はマカロン家の悪事を告発してくれたんだがな……」

国王様の話をサリバス家の当主は否定した。

「陛下!!　それは自分が助かりたいからそうしたに違いありません！」

サリバス家当主の意見に、他の貴族たちも賛同する。

「そーだ！　そうしろ！」

「賛成！」

だが、少数ながら疑問の声が上がった。上位貴族の権力争いに関係のない者たちだろう。

「でも、そこまでする必要があるか？」

「なんだ！　君も仲間だったとか？」

「なんだと⁉」

ワーワーと大騒ぎになる。

お父様とお母様は青ざめ、ジェイコブお兄様はグッと頭を下げ続けていた。オスカー様は泣いている。

「……アデライト姉様……」

アデライト姉様は放心状態だ。

もはや当事者であるマカロン家とフォルフ家を無視して罵声《ばせい》が飛び交う中、金髪と黒髪の王子が現れる。彼らの間には妹のアメリがいた。

「はーい！　私は異議あーり‼」

「俺もだ」

「私もだね」

「アル……アメリ……ルチータ王子も」

私は屋敷で待っているはずのアメリの登場に驚く。

それに、どうして三人とも、人参《にんじん》を持っているの？　謎だわ。

アメリたちの後ろには、騎士学校の生徒が沢山《たくさん》いた。チャーリー先生、シリウス伯父様もいる。

全員、私を庇《かば》うように国王様の前にズラリと並んだ。

ソフィアと人参《にんじん》を愛する会と書かれた旗《はた》が見える。

何それ、そんな団体、今、初めて知ったわよ。

「「我々は『ソフィアと人参《にんじん》を愛する会』の者です!!」」

友人のカンナさんとペゴニアさんが前に進み出て、名乗った。

私は口をポカンと開ける。

続いてクラスの男子生徒三人が前に出た。

あれは以前、ペゴニアさんたちと言い争いをしていた三人組だわ。

「『ソフィアと人参《にんじん》を愛する会』の会長、ミッキー・スタリオンです!」

「同じく、ドナ・ドナルードです!」

「プルート・レゴンです!」

「「我々はソフィア・マカロンが無罪であると主張し、ここに、その嘆願書と署名を提出いたします!」」

アルが私のそばに来て国王陛下に挨拶《あいさつ》をする。

「国王陛下。私、アルフレッドもソフィア・マカロンの無罪を主張いたします。こちらが、その理由をまとめたものです。大勢の署名もあります」

「署名……って」

私は呆《あき》れて呟《つぶや》く。

それにアルとアメリ、ルチータ王子はあの三人と面識があったの……？

こんな時だが、どうしても気になって聞くと、アルは笑いながら答えてくれた。

「人参《にんじん》と賭け事していただけだ」

いや、意味が分からない。

「そもそも、ソフィアさんは何も罪を犯していません！　何故《なぜ》、死刑なのか分かりません！」

「そ、そ、そうです！　とても優しい人で、わ、わ、わ、私たちはソフィアさんにいつも助けてもらってます！」

ペゴニアさんとカンナさんが必死で訴えてくれる。

「僕たちはソフィアさんが陰で頑張っている姿を知っています！　ちょっと短気な部分はありますけど、罪を犯すような人ではありません！」

「学校の掃除は真面目にしますし、社会奉仕も率先して行っています！　少し手が出るのが早いほうですけど！」

「私は平民だけどね、嘘は吐《つ》かない。ソフィアちゃんはいつも私のホットドッグを美味《おい》しいと食べてくれるんだよ！　小さな子にも優しい！」

「そうだ、噂とは大違いの優しい子さ！　俺が腰を痛《いた》めてた時なんて、重たい小麦粉を運ぶのを毎日手伝いに来てくれたんだ！　騎士になったら、俺たちを守れるよう頑張るんだって張り切ってもいた！　貴族だかなんだか知らないけど、マカロン家の悪事をソフィアちゃんに押し付けるなああ！」

騎士学校の生徒や先生だけじゃなく、よく遊びに行っていた街のお店の人たちまでいた。

「……みんな……」

アルが私の頭を撫《な》でる。

「俺だけじゃないんだ、ソフィアが頑張っているのを見ていたのは……みんな、ソフィアを分かってくれてたんだよ」

騒ぎが更に大きくなり始めた頃。

「カァァァァァァァァァァァァァァァ!! ……あ」

チャーリー先生が大声を出した。

玉座の間がシンと静かになる。

チャーリー先生は落ちた入れ歯をヨロヨロと拾い、それを入れ直した後で話し出した。

「ふむふむ。はむ。あー、あー。よし。ワシにも可愛い教え子が悪い子には見えん。そうじゃろう、国王陛下よ。何を怖がっちょる。まだ息子のルチータ王子のほうが肝が据《す》わっておるぞ……」

チャーリー先生の言葉に国王陛下がコクンと頷《うなず》く。

「……うむ。そうだな。ソフィア・マカロンとアメリ・マカロンは何もしておらん。家の悪事も最近になって調べるまで知らなかった。無罪だ」

「……国王陛下。それならば――」

サリバス家の当主が国王陛下に近づこうとして、取り押さえられた。

「な、何故《なぜ》！　私が⁉」

彼の近くにいた他の貴族たちも次々と拘束《こうそく》される。

「ちょっと！　私は関係なくてよ⁉」

それを見て、ここまでずっと黙っていたルチータ王子がポケットから紙を取り出した。スラスラとそれを読み上げる。

「ダルシア家、プリウ家、ジョージア家、レストレ家が、マカロン家の当主と闇取引を行っていた証拠を掴《つか》んだ。あぁ、それとサリバス家もね」

サリバス家の当主はプルプル震えながら、ルチータ王子に向かって叫ぶ。

「なんだと⁉　なんとも愚かな！　いいか、そもそも貴方には王になる資格がない‼　何故《なぜ》なら――痛《いた》っ！　足いた！」

いつの間に移動したのか、アメリが彼の足を踏《ふ》んでいた。

「お前は……マカロン家の――」

「……あのね、それ以上言ったら、おじさんの命がないよ？　あのね、悪いことしたらごめんなさいするのがいいよ」

サリバス家の当主はアメリの言葉を鼻で笑う。

「小さなお嬢さん。私は悪いことなどしていない。お嬢さんは自分の家の心配をしなさい。たとえお嬢さんが何もしていなくても、マカロン家は貴族として終わったのだから」

アメリは可愛らしく微笑《ほほえ》んだ。

「おじさん、私ね、やられたらやり返すタイプなの。まだね、悪い人参《にんじん》の悪魔がいるみたいだし」

「生意気な！」

アメリを罵倒《ばとう》しそうなサリバス家の当主を、私はきっと睨《にら》みつける。

「よく分からないけれど……私の妹に手を出すのはやめていただける？」

「……くっ！」

「このドブネズミどもを牢へ！」

「「ハッ‼」」

ルチータ王子の命によって現れた騎士が、拘束《こうそく》した貴族を玉座の間の外に連れていった。

ずっと固まっていたお父様とお母様が、パァと表情を明るくして喜ぶ。

「では、私たちは無罪か！」

「「そんなわけないだろ」」

玉座の間に残っていた人たちが全員、声を揃えた。

何故《なぜ》、お父様は自分も無罪だと思えたのかしら⁇

第九章

全ては私中心の世界だった。

『美しい』という言葉は私のためだけに存在するもので、それ以外には使えないのだと自信があった。

完璧な所作、完璧な知識、完璧な性格。

全てにおいて完璧なのに、身体が弱い私はいつも外に出られない。

『アデライト姉様ー！　お花きれいよー！』

『ありがとう……ソフィア』

私の一歳下のソフィア……

この子は私より元気で勉強もできる。

自慢の妹のはずなのに……

『アデライト姉様？』

『ケホケホッ！』

『ソフィア！　アデライトは身体が弱いのよ！　花なんて持ってきちゃ駄目じゃない！』

『……ご、ごめんなさい……お母様』

私が一番可愛がられるべきなのに、ソフィアが邪魔でしかない。

幸い、賢い妹は自分の立場を弁《わきま》えているようだったから、私は徐々に気にならなくなった。

末のアメリも、自分の立ち位置を分かっている子だ。

それなのに、どこでくるったのかしら……？

私を花の女神と讃《たた》えていた者たちは、あっという間にいなくなってしまった。

『――剣術を教えてあげようか？』

それは、禁断の美容薬を求めて出入りするようになった『キャロット』で出会った青年の言葉だ。

彼についてはフォース国の出身だという以外、名前も知らない。

けれど、なんとなく、初恋の男の子――死んでしまったルカに似ていたからだろうか、私はその青年に剣を習うことにした。

昔は身体が弱く、剣を握るなど野蛮《やばん》だと思っていたのに。

彼に会っている時だけ、私の苛々《いらいら》は治まる。

だから、この国にフォース国の兵を運ぶ手伝いをしてほしいと頼まれた時も頷《うなず》いた。

だって――

『――アデライト姉様!!』

いつも下を向いていたソフィア。

自信がなく、私に逆らわなかったソフィア。

そんな妹が最近、まっすぐな目で私を見るようになった。

……直感で分かる。

この子は強く美しい子になる。

それが許せないし、許されない。

私が一番でなければならないのに!!

あの青年は敵国であるフォース国の者。それほど頻繁《ひんぱん》に『キャロット』に来るわけではない。

青年と会えない日はアメリを虐《いじ》めることで、私は苛々《いらいら》を鎮《しず》めた。

お馬鹿なあの子の言うことなど、誰もまともに取り合いはしない。

『――ヒック……もう痛《いた》いのやだっ……ぐす……アデライト姉様……』

『ふふ、可愛いアメリ、貴女《あなた》また勉強をしてたわよね？　お馬鹿な子が可愛いのよ？　私より成績を良くしちゃ駄目。分かる？』

『……うん……分かった……』

可愛い妹アメリ。あんなに従順で天使のようだったのに、気がつくと彼女も私を憐《あわ》れんだ目で見るようになった。

自分の周りに人がいなくなってきたのが分かる。

ソフィアの活躍が目立ってきたせい……

あの子が何食わぬ顔で私よりも前に出ようとするから……

『いえ、そんなことより……私の美しい顔が……うぅ……』

――明日は罰が下される日。

全ては私が中心だったのに……

家族も、友人も、恋人も、美しさも、全てを失った私は――

「早く殺して……」

アデライトは低い声で呟《つぶや》いた。

◇　◇　◇

「――ジェイソン・マカロンは爵位を剥奪《はくだつ》し、五十年の禁固刑に処す。カナリア・マカロン、貴女《あなた》は夫の闇取引を知っていたにもかかわらず、見て見ぬふりをしていた。禁固刑十五年だ。加えて、子供たちとの接触を禁ずる」

騒ぎが収まった玉座の間で、国王陛下がマカロン家の者たちに刑を宣告していった。

お父様とお母様はブルブル震えている。

「え、あぁぁ、マカロン家は……マカロン家はどうなるのだ？　当主は私で……兄よりも立派な当主だったのに！　くそっ！　いやだ！　陛下!!　へいかぁ！」

ずっと叫んでいるお父様を見て、シリウス伯父様が一瞬、悲しそうな顔をした。

「……子供たちとの接触禁止……何故《なぜ》でしょうか？　私の子ですっ！　……ッ！　違う！　ただ、ほんの少し我慢してもらいたかっただけで！　可愛がっていたのです！　お腹《なか》を痛《いた》めて産んだ子たちです！　私は何もしてない！　してないのに!!　……アメリ！　アメリは分かってくれるわよね!?　アメリ！」

　必死にアメリにすがりつこうとする母親。アメリはどうしていいのか困り、ぎゅっと私の腕の中に入って、俯《うつむ》いた。

　誰よりも家族が好きな貴女《あなた》にとって……この状況は辛《つら》いよね……

「アメリ……辛《つら》いなら目を瞑《つむ》ってて」

「ううん。大丈夫。ちゃんとね、見届けるの」

「……そう」

　国王陛下は次にジェイコブお兄様に刑を言い渡す。

「ジェイコブ・マカロン。お前は今日から貴族ではない、労働刑を三年。その後、マカロン家とは関わりがなくなり、隣国へ追放だ」

「……はい。謹《つつし》んでお受けいたします」

「ジェイコブお兄様……」

　アメリが涙を流して、ジェイコブお兄様のもとに駆け寄る。そして、お兄様をぎゅっと抱きしめた。

「……お馬鹿なジェイコブお兄様はね、弱虫で、沢山沢山《たくさんたくさん》悪いことを見なかったことにしたけれど……でも私にとってはね、とても素敵なお兄様だよっ……」

　アメリが言うと、ジェイコブお兄様は優しく微笑《ほほえ》みながらその頭を撫《な》でた。そして、次に私の頭もぎこちなく撫《な》でてくれる。

「これで別れだ。もう会えないだろうから」

「……刑を終えたらすぐに隣国へ追放されますものね。隣国へ渡っても、一度罪を犯した者は騎士にはなれません。どうされるのですか？」

「騎士になるつもりはないよ。……僕は僕の好きなことをする」

ジェイコブお兄様は昔の優しいお兄様に戻ったみたい。

……でも、私は……まだ許せないわ。

だから、これからのお兄様を応援することができない。お互い頑張りましょうと、言えない。

「ソフィア。僕はずっとお前たちに対して犯した罪を償《つぐな》い続《つづ》けるよ」

ジェイコブお兄様はまっすぐな目で私を見た。

「さて、最後はアデライト・マカロン。前へ」

国王陛下に呼ばれたアデライト姉様が一歩前に出る。

「アデライト・マカロン。お前の罪は数知れない。何より、国家反逆罪を犯しているので、死刑だ」

その宣告に、お父様とお母様は悲鳴を上げ、ジェイコブお兄様は涙を流すのを我慢していた。私とアメリは黙ってアデライト姉様の様子を見守る。

「……死刑……そう……」

アデライト姉様は死刑と言われて喜んでいるの？

私にはアデライト姉様が思い通りにならない人生を捨てることができて喜んでいるように見えた。

……どこまで……逃げようとする人なのかしら。

私はアデライト姉様の前に行き、彼女を国王陛下から庇《かば》うように立つ。

「国王陛下、お願いいたします！　姉を死刑になどしないでください。姉は……姉は、いつか必ず改心すると私は信じてます」

そう言って涙を一粒流した。

「ソフィア嬢……！　なんて優しい方なんだ！」

「あんなことをされていたのに！」

「自分も罪を被《かぶ》せられるところだったのに、なんと……」

ねぇ、アデライト姉様。今は貴女《あなた》に少し感謝しているわ。

……私、いつも姉様が嘘泣きする姿を近くで見ていたの。お陰で、上手に演じているでしょう？

国王陛下は少し考えようと言ってくれる。

私はアデライト姉様を振り向く。彼女は震えながらペタンと床にへたり込んでいた。

その身体を抱きしめるように覆《おお》い被《かぶ》さる。

「……ソフィアッ……」

「…………簡単には死なせませんわ。ずっと、その御自慢のお顔を見てお過ごしくださいませ」

アメリも寄ってきて、そっとアデライト姉様に人参《にんじん》を渡す。

「アデライト姉様、だから言ったでしょ？　人参《にんじん》食べないとって……あ！　後で割れない鏡を持っていくね!!」

ニッコリ笑うアメリに、アデライト姉様は歪《ゆが》んだ顔を向けた。

一方、両親はいまだに騒いでいる。

「離せ！　私は悪くない！　私を馬鹿にした奴が悪いんだ！」

「アメリ！　私の可愛い子供たちと引き離さないで！」

自分に下された罰を受け入れた長男。

美しい顔に傷がついた上、死ぬことすら許されない長女。

美味《おい》しい人参《にんじん》を国王陛下に差し出している末っ子。

そんな子供たちのことは、彼らの意識にあるのだろうか？

「ソフィア」

「……アル」

不意にアルが私の手を握ってくれた。

私はバラバラだった家族が連行されていく姿を見つめる。

「……サヨナラ」

そして、そう呟《つぶや》いたのだった。


その後。

オスカー様が禁固刑二十年、ペリドット様は無罪と決まる。

けれど、ペリドット様は自分の息子の過《あやま》ちの責任を取って、今後、社交界には出ず、政治には関わらないことを宣言した。

フォルフ家は弟のルイス様が家を継ぐことになる。

それが決まった後、アメリは国王陛下と二人で内緒話を始めていた。

何を話しているのかしら？　まさか人参《にんじん》について？

国王陛下が私のほうを見て話す。

「ソフィア・マカロン。君には大事なお茶会で騒動を起こした罪がある。よってその罰として、一週間社会奉仕をしなさい。その後、シルベスマリア国の騎士学校へ行くことを許可しよう」

「……シルベスマリア国、ですか？」

確か騎士学校の唯一の女性の先輩が留学している国だ……

ずっと黙っていた王妃様が私に笑い掛けてくれる。

「私が提案したの。ソフィアちゃんは今この国では色々と注目されがちだし、少しこの国から離れて伸び伸びすることが必要よ。それと学ぶことが貴女《あなた》の罰になるでしょう。実は、シルベスマリア国は私の祖母の母国なの。あそこは女性の騎士も多いし、女性ならではの、学べることが沢山《たくさん》あるわ」

それでは罰にならないような気がするけど……

国王陛下のそばにいたアメリが寂しそうな顔をしつつも笑顔で話す。

「うん。マカロン家には私がいるから、安心して行ってきて。ソフィア姉様は強くてカッコいい騎士にならなきゃ！」

こうして私たち、マカロン家の断罪日は終わった。


屋敷へ戻るとすぐ、アメリはスヤスヤと深い眠りについた。

きっと朝から色々と動き、疲れたのだろう。

私は屋敷まで送ってくれたアルにお礼を言った。

「アル、ありがとう」

「ん。それを言わなきゃいけない人たちが沢山《たくさん》できたな」

「ふふ、そうね」

アルはいつものように接してくれる。

『俺はお前が好きだ』

不意に彼の声が蘇《よみがえ》る。

うっ……なんだか、今更、だけど緊張してきちゃったわ。

私は……私も……アルのことを……

そうね、やはり自分の気持ちを伝えるべきね！

そう決心した瞬間――

「ソフィア嬢、もう一つの罪を忘れているよ。私の弟のハートを盗んだ罪を、ね。あははは」

「「……」」

急に現れたルチータ王子。

この方は常に気配を消しているのか、いつも突然、現れるのよね。

ルチータ王子は勝手知ったる我が家の応接間にスタスタと入り、差し入れだと言って人参《にんじん》ジュースをくれる。

「さっきのは冗談として、本当に報告があって来たんだ。アデライト嬢のことだけど、彼女は一生牢から出られなくなったよ」

私がすすめる前にソファーに座り、そう教えてくれたルチータ王子。彼はもう一つ話をしてくれた。

「アデライト嬢に剣を教えていた人物なんだけどさ、フォース国の第二王子だったんだよね。『色々』な手を使って向こうの王と交渉して、彼の処罰は任せたんだ」

そう言って優しく微笑《ほほえ》むルチータ王子が……胡散臭《うさんくさ》い。

そんなふうに思うのは私だけかしら。

アルは呆《あき》れた顔をしている。

「交渉というより脅迫紛《まが》いなことをしたんだろ……」

そう呟《つぶや》く。

ルチータ王子はそれには答えず、相変わらずの食えない笑顔で城に帰っていった。

応接間は再び、私とアルだけになる。

一気に部屋がシンと静かになった。

また緊張してきちゃったわ。

チラッとアルを見ると、彼は私のほうを見ていた。

目が合う。

ソフィア・マカロン！　勇気を出しなさい！　好きだと、そうアルに伝えるのよ！

「ア、アル！」

「うん、何？」

「……今度……ピクニックに行かない？　アルのサンドウィッチ付きで」

「いいよ。周りがまだ色々と騒がしいから、内緒のデートな」

「……何言ってるの？」

「真面目に返事しただけだよ。俺もそろそろ帰るな。おやすみ」

そうニッコリ笑って手を振り、帰っていくアル……

「おやすみなさい——って違う!!　違うわ！　私こそ何言ってるの!?　ピクニックって！　王子である人に、サンドウィッチ作ってきてねって、何様!?」

私は一人でそう自分につっこんでいた。


——その様子を、実はまだ帰っていなかったルチータ王子が、アメリと一緒に見ていた。

目を覚ましたアメリがみんなでお菓子を食べようと応接間まで足を運んできたのだ。

「小さなレディ。ソフィア嬢は無事、アルフレッドに気持ちを伝えられるかな」

「うん、大丈夫だよー、多分！」

◇　◇　◇

あれから、私はアルと、昼間は人目につくので、夜、ピクニックに出かけようと約束し直した。

「……この服装なら目立たないわね」

私の格好を見て、アメリが頬を膨らませて首を横に振る。

「ソフィア姉様は分かってない！」

「何が？　……そんなことより、貴女《あなた》はもうお風呂に入って寝る準備を――」

ゴソゴソとアデライト姉様のクローゼットルームを漁《あさ》っていたアメリが、自信満々な顔で私にセクシーな服を渡す。

「ルチータ王子様がね、教えてくれたの！　セクシーなほうがアルお兄様が喜ぶって！　セクシー万歳！」

……妹に何を教えているのかしら？　一発なぐ……は、やめておきましょう。相手は一国の王子だもの。

……でもいつか、何かしらお礼をしなきゃならないわね。

私はアメリから服を取り上げ、怖い顔を作って脅《おど》す。

「アメリ、そろそろ寝ないと人参《にんじん》のお化けが現れるわよ」

「ハッ!!　お、おおおやすみなさーい!!」

アメリは慌てて自分の部屋に帰っていった。

「さて、そろそろ行かなきゃ」

私はアルとの待ち合わせ場所に向かう。

そこは小さな頃、よく二人で遊んだ丘だ。

ある程度、丘が近くなると、アルが待っているのが見えた。

あ、やっぱりアルの周りには護衛騎士だらけだわ。

こんなに護衛騎士だらけでデートと言えるのかしら？

「ソフィア」

「アル、ごめんなさい。待ったわよね」

「ん。大丈夫だ。さあ、手を」

ニッコリ微笑《ほほえ》んで私を優しくエスコートしてくれるアル。その態度には随分余裕がある。

……なんだか私だけが緊張しているみたいで悔しい。

アルはあらかじめ大きな木の下にシートを敷いて、サンドウィッチや果物などを用意してくれていた。

豪華なものは一つもなく、私好みのシンプルなものばかり。

これまでと違うのは、クッションが置いてあることくらいだ。

丁寧にそのクッションに私を座らせてくれたアルが、サンドウィッチを差し出す。

「サンドウィッチ食べるか？」

「あ、ありがとう」

「「……」」

いや、やっぱり護衛の騎士たちが沢山《たくさん》いすぎて気になる。私だけかしら。

私はちらちらと護衛のほうを見た。

「よし、ソフィア」

「え？　何を？　きゃっ――」

不意にアルが立ち上がり、私を抱えてサッと木に上った。

そこからは王都の夜景が一望できる。所々でふんわりと光る、裕福な街の人たちが灯している灯が綺麗だ。

「……綺麗ね。昼間にしか来たことがなかったから、こんなに夜の景色が綺麗だなんて知らなかったわ」

「ガキの頃はよく、ここから城を眺めていた。何もかも嫌で逃げていたんだ。でも、結局ここまでしか逃げられない自分が情けなかった……それに、あの人たちの優しさが苦しくて」

「ルチータ王子や国王陛下、王妃陛下はとても優しい方々だものね。貴方を家族として大切に想っている」

アルは少し困った顔で笑う。

「……母親を殺されて、その怒りで父親を殺して……こんなお荷物を、あの人たちは受け入れてくれる。……それが、心苦しかった」

「ルチータ王子は貴方のこと、大好きよね」

「そうだな。だから弱い者を守ろうと必死になる。アレは異常だな。……いや、そうさせてしまったのは俺なのかもしれない。昔のルチータは泣き虫だったたし、我儘《わがまま》だった。それなのに、今は完璧すぎて怖い奴だよ」

ルチータ王子の話をするアルは、嫌だ嫌だと言いながらも楽しそうだ。その表情からも彼を慕《した》っていることが伝わってくる。

従兄弟《いとこ》だけど、間違いなくお互い家族だと認めているのね。

「……なんだか妬《や》けるわね」

「なんで？」

「私のほうがアルのことを大好きなのに、ルチータ王子に負けた気分だわ」

「……もう一回言って。最初のほうだけ」

私の頬が赤くなっているのは、きっとバレバレだ。

でも本当に妬《や》けちゃったんだもの。

私はアルを見て、もう一度口を開く。

「私はアルが好きよ」

そう告げると、アルは何故《なぜ》か手で顔を隠した。

今は木の上にいるのに、危ないわ。

「アル？」

「……緊張してたんだよ」

「誰が？」

「俺。……やっぱり無理だと断られるかもって……緊張してた」

「そんなはずないじゃない」

私はクスッと笑う。

照れているアルの肩にそっと寄り添った。

アルと私はもう一度、見つめ合う。

その夜。

私たちは護衛の騎士たちに見えないように、木の上でそっと優しく口づけを交わした。

エピローグ

あれから一ヶ月。

私は社会奉仕活動を終えて、荷物の整理をした。

今日はとうとうシルベスマリア国へ出発する日。

アルは時々顔を見せに来てくれていたけど、それも今日で終わりだ。

しばらくお別れね……シルベスマリア国は遠いもの。

「やっぱり俺も一緒に行ったほうがいいと思うんだけど……」

見送りに来てくれたアルが、最近ずっと繰り返していた言葉をもう一度口にする。

「駄目よ。貴方はルチータ王子のそばで自分のすべきことをしなきゃならないわ」

「そうだけどさ、ソフィアが暴走したら、誰が止められんの？」

暴走って……

私は猪《いのしし》か何かだと、言いたいのかしら？

そこで私の横にいたペゴニアさんとカンナさんが胸を張り、アルに請《う》け負《お》った。

「アルフレッド王子！　そこは大丈夫です！　私たちも一緒なので！」

「は、は、はい！　きちんと見張ってます！」

「ならいいか。いい友人を持ったな、ソフィア」

アルは私を見て、からかうように言う。

騎士学校で数少ない女生徒として色々不便な思いをしていたペゴニアさんとカンナさんは、内心、女性騎士の育成に優れているシルベスマリア国に留学したいと思っていたそうだ。だが、莫大なお金がかかるので断念していた。

それが今回、ルチータ王子の計《はか》らいにより、二人も一緒に留学することとなったのだ！

「二年は寮生活だし……なかなか会えなくなるね」

「手紙を出すよ」

「待ってる。ハァ……スマホがあればいいのに」

「すま？　何それ」

「いえ。ただの独り言よ」

私たちは待たせている馬車に向かう。

「あの……アル……。ちょっとくっつきすぎじゃないかしら……」

「当分、触れられないからな」

アルが私の頬を優しく手で包み微笑《ほほえ》む。

後ろにいたペゴニアさんが、「キャー♡」と悲鳴を上げた。

「二人の世界に浸《ひた》るのもいいけど、たまには周りを見てくれるとありがたいね」

そこにルチータ王子が姿を見せる。

いえ……ルチータ王子だけではないわ。

シリウス伯父様に、ペリドット様とルイス様、チャーリー先生や騎士学校の生徒、あと……人参《にんじん》の会（？）の人たち。

沢山《たくさん》の人が見送りに来てくれていた。

「ソフィア、君ならすぐに立派な騎士になれる」

「シリウス伯父様ありがとう。アメリをよろしくお願いします」

「ソフィアさん。……もし、留学して気が変わったなら、私の息子ルイスのお嫁さんになってちょうだいね」

「ふふ、ペリドット様。ご冗談を。お身体に気をつけてくださいませ」

「フォッフォッフォッ！　ワシ自ら、君に剣術を教えてあげたかったが、頑張りたま、ひゃふゅ。あ！」

入れ歯を落とすチャーリー先生。

「「ソフィア嬢!!　我々は、君のがぇりをまってるぅああ！」」

「よく分からない会の三人……ありがとう。頑張ってくるわ」

私が騎士学校のクラスメイトと話すと、アルはムスッとした顔になる。

「さて……最後に……」

私はルチータ王子の足元に隠れている、ツインテールの可愛い妹、アメリに微笑《ほほえ》みかけた。

「アメリ。そんなに離れてちゃ、行ってきますのぎゅーができないわ。……いえ、あの……ルチータ王子にじゃありません」

何故《なぜ》かルチータ王子が手を広げてきた。アルが王子に文句を言っている。

それは置いといて……

「アメリ」

「……うん」

アメリは真っ赤な目に涙を溜めて、ぎゅっとスカートの裾《すそ》を握りしめていた。

……家族の中で一番の被害者は……アメリね。

これから……この子は、世間から家について、あることないこと言われるに違いないわ。きっと嫌な思いをするはず。

可愛い妹を守るためにも、私はもっと強くならなくちゃいけない。

「シリウス伯父様の言うことを聞いてね」

「……うん」

「お勉強も怠《なま》けちゃ駄目よ」

「うん」

「好き嫌いをせず、食べ残しをしないように」

「うん……沢山《たくさん》……人参《にんじん》食べる」

「アメリ……大好きよ」

私はギュッとアメリを抱きしめる。

アメリは泣くのを我慢して、笑顔で私に別れを告げた。

「……いってらっしゃい！　ソフィア姉様！」

私はもう一度アルのほうを向く。

彼はいつものように頭をポンと撫《な》でてくれた。

まだ騎士になる道は遠いかもしれないけれど、以前の私とは違い、今の私には良き友人たち、味方がいる。

愛する人がいる。

そんなありがたい存在のお陰で、もっと頑張れる。

「アル、少し待たせてしまうけれど――」

「待つのは得意だ」

私は改めて、見送りに来てくれた人たちの前に立つ。

優雅にスカートの裾《すそ》を摘《つま》み、頭を下げた。

「――それでは、皆様ご機嫌よう」


数年後。

この美しい銀髪の少女が、歴史に名を残す女性騎士になることを……今は誰も知らなかった。

番外編

アメリ恋の宣戦布告

「小さなレディ。君はもっと大泣きすると思っていたけれど、よく我慢したね」

ニッコリ優しく微笑《ほほえ》むルチータ王子が、アメリの頭を撫《な》でた。

彼女はソフィアが乗っている馬車をじっと眺めている。

「私は私でやらなきゃいけないことあるから、泣いてる暇はね、ないの」

「やらなきゃいけないこと？　それはなんだい？」

「マカロン家の、家門の復興！」

笑顔で宣言するアメリに、ルチータ王子は目を丸くした。

「……てっきり、私のお嫁さん、と言うんだと思っていたよ。でも、君たちに罪はないとはいえ、マカロン家はほぼ没落したも同然だ。一体、どうする気なんだい？」

「考え中！」

アメリの答えに、ルチータ王子はクスクス笑う。

彼は少しだけ、この少女の行動に興味を持った。

ルチータ王子の近くにいたアルがアメリを抱き上げる。そして、ルチータ王子に意地悪そうな顔を向けた。

「ルチータ、お前みたいな腹黒には、案外、この子みたいな元気で明るいのがお似合いなんじゃないか？　ほら、アメリ、俺と一緒にルチータ王子のお嫁さんにしてくださいって、国王陛下にお願いしに行こうか？」

冗談を言うアルに、ルチータ王子は首を横に振る。

「可愛い弟よ」

「そう呼ぶなって言ってるだろ。普通に名前で呼べよ」

「可愛いアルフレッド、私を変態にしたいのかい？」

「……いや、もう既《すで》に変態だろ」

ルチータ王子とアルがじゃれ合っているところに、アメリが手を上げた。

「あのね！　今は忙しいから無理だよ！　それに、私がルチータ王子様にお願いして、お嫁さんになるんじゃないの！　ルチータ王子様が、私にひざまずいて、どうかお嫁さんになってくださいと言うのよ！」

その言葉にアルは笑いを堪《こら》えたが、ルチータ王子は笑っていない。

「百パーセントあり得ないよ」

「ううん、ゼロじゃないよ。可能性はね、自分で作るの！　ルチータ王子が言うかどうか、賭ける？　人参《にんじん》を賭ける？」

そんなふうに、アメリはルチータ王子に宣戦布告した。

私にひざまずいて、お嫁さんになってくださいと言うのは貴方のほうだ、と。

◇◇◇

「――ここがシルベスマリア国の騎士学校ね」

あれから私はシルベスマリア国の騎士学校に通うことになった。

隣にいる友人のペゴニアさんとカンナさんがテンション高く私に頷《うなず》く。

剣術に優れた女性のみが通える騎士学校は私たちの出身国では珍しいものね。そう、ここは騎士を目指す女性のために作られた学校なのだ！

私たちは正門をくぐり、中に進む。

うん。女性らしさを忘れずにという願いを込めて作られた水色の制服がなかなか可愛い！　気分が上がる！

「うわあ！　女子だらけで、変な感じ！　明日、先輩とも会えるし、楽しみだよね！」

「あわわわ、ペゴニアさん！　ま、まま前を向いて歩いたほうが……！」

はしゃぐペゴニアさんの前に、綺麗な金色の髪を縦ロールにした女性が歩いていた。前を見ていなかったペゴニアさんは彼女にぶつかってしまう。

「「あ！」」

「キャア！　ロザリア様！　大丈夫ですか!?　ちょっと貴女《あなた》！　どこ見てるのかしら!?」

その女生徒の友人（？）らしき人たちが鋭く怒鳴る。リボンの色が赤だから、三年生みたい。

カンナさんがペゴニアさんに代わり慌てて謝った。

「申し訳ありませんっ！」

ロザリアという女生徒が私たちを見る。

「……私は大丈夫よ。見ないお顔ね？　あぁ、先生から聞いておりますわ。貴女《あなた》たちは確か――」

すると、首を傾《かし》げる彼女の前に、黄緑色のボブの女の子が現れた。

「ロザリア様！　また人を虐《いじ》めてる！　そんなだから、婚約者であるセイシル様に嫌われちゃうんですよ！」

その子の言葉に、金髪の女生徒――ロゼリア様は嫌な顔になり、深いため息を吐《つ》いた。

「……うるさいのが来たわ。はあ、早く教室へ行きましょう」

そう言って、彼女は立ち去る。そして、何故《なぜ》か「私があなたたちを助けましたよ！」というドヤ顔をする謎の女生徒……

「……えっと……別に虐《いじ》められていたわけでは――」

「ふふ、いいのよ！　可愛い後輩が虐《いじ》められてるんだもの！　私はね、ニコレットっていうのよ！何か分からないことがあったら言ってね！」

可愛いらしい笑顔を向けて彼女も立ち去る。

残された私とペゴニアさん、カンナさんはお互いの顔を見て口元だけで笑った。

「……なんか、あれだよね？　笑っちゃうけど、どう見てもさっきのニコレット先輩は話を聞かないタイプだよね」

「そうね。とても胡散《うさん》くさい笑顔の人だったわ。……まあ、私の姉ほどじゃないけれどね」

「んー、確かに」

その後、私たちより先に騎士学校からこの学園へ留学していた先輩の話を聞く。

どうやら、この女学園の生徒は今、ロザリア派とニコレット派の二つに分かれているらしい。

ニコレット先輩がロザリア先輩の婚約者と仲良くしていて、それがロザリア様には気に食わないのだという。

まあ、どこの国でも、女って派閥みたいなものを作るからね。

「……というより、そもそも婚約者がいるのにもかかわらず、他の女にうつつを抜かすそのクソが良くないんじゃないかしら」

なんだか色々と思い出して、腹が立ってきたわ。

苛々《いらいら》していると、ペゴニアさんとカンナさんが、気晴らしに練習場に行ってみたらと助言をくれる。

故郷の国とは違い、この国は女性騎士用の設備が整っていて過ごしやすい！　剣の練習が夜中の十二時までオッケーなんて素敵ね。

練習場へ行くと、既《すで》に誰かが剣の鍛錬《たんれん》をしていた。

チラッとその様子を見る。

金髪の縦ロール——ロザリア先輩だわ。

ロザリア先輩は私の存在に気づいて手を止めた。

彼女の剣の筋は結構良い。

私の周りで剣を使うのはほとんど男性だったので、綺麗な剣捌《けんさば》きってこういう感じなのかなと考えていた、その時――

「……貴女《あなた》、あのアデライト・マカロンの妹よね」

「……姉をご存じで？」

何故《なぜ》、アデライト姉様のことを知っているの？

意外な言葉に、私は固まってしまった。

そんな私の反応が面白かったのか、彼女がクスッと笑う。

「同じ姉妹なのに、貴女《あなた》はあの女狐《めぎつね》とは全く違うタイプの人間みたいね。彼女とは何年か前に会ったことがあるのよ。私、貴女《あなた》の祖国であるホワイト国に親戚がいるものだから。彼女は、私のこの素晴らしい髪型をバカにして……くっ」

なんとなく察してしまった。

あの姉のことだ、彼女に何かしらしたのね。

ロザリア先輩は剣を私に向ける。

「あの女の妹というだけで、腹が立つわね」

「あはは」

「笑わないでちょうだい！　姉妹そろって頭にくるわっ！」

結局、その後お互いに練習を始め、あまり話さなかったけれど、なんとなく私は彼女のことが好きになりそうな予感がした。


それから数日。

少しずつ学園へ慣れてきた日のことだ。

「おはようございます。ロザリア先輩」

「ふん。ソフィア、おはよう。昨日の訓練授業はどうだったかしら？」

今日もロザリア先輩はツンデレだった。

そんな彼女の目の前には、泣いているニコレット先輩がいる。ニコレット先輩の隣で、青い髪色の青年がロザリア先輩を睨《にら》んでいた。

「……セイシル様……何故《なぜ》朝から？」

ロザリア先輩はその青い髪の青年を「セイシル」と呼んだ。

「ふん！　お前はなんて酷《ひど》い奴だ！　ニコレットを虐《いじ》めてるそうだな⁉　可愛いらしい彼女に嫉妬《しっと》しているんだろう……ニコレット、可哀想に！」

「セイシル様ぁ！　私もうここへは通えないですぅ！　ぐすん」

ニコレット先輩は大げさに泣き真似をしている。

いや、もう下手な演技すぎて呆《あき》れてしまうわね。

私は隣にいるロザリア先輩をチラッと見た。

彼女は傷ついてるようだ。

……あぁ。これは……、なんだか昔の自分を見ているようだわ。

「俺はお前のような可愛げのない婚約者など、ごめんだ！」

「あの、つまり、貴方はこの素晴らしいロザリア先輩という婚約者がいながら、浮気をされたということですよね？」

思わず指摘すると、セイシル――ロザリア先輩の婚約者は頬を赤らめた。

「……あの？　聞いてますか？」

「これは……なんと美しい」

「は？」

先程までニコレット先輩の肩を抱いていたのに、彼は彼女の手を振り払い私の手を握る。

「君と仲良くなりたい！　僕はこの国ではそれなりに高い地位にいるんだ。苦労はさせないよ！」

その時、ちょうどペゴニアさんとカンナさんが登校してくる。

私は彼女たちと目が合った。

「殴って良いかしら？」と目で訴えたものの、彼女たちに首を横に振られ、止められる。

アルにすら、美しいとかまだ言われていないのに！　なんで今会った知らない人に!?

「セイシル様!?　なななんで私は!?」

「あーうん。ニコレット、君は正直飽きたよ。ロザリアみたいな性格のきつい女より、いつでも身体を許してくれる都合の良い君を選んだだけだしね！　運命の女神と出会えたから、二人とはさよならさ」

「セイシル様、ひどいっ……わ、私は、本当に好きで」

ニコレット先輩が大泣きして、ロザリア先輩も泣きそうになっていた。

あまりの事態にプツンとキレた私は、思いっきり彼の顔を殴る。

いつかと同様、彼の前歯が欠けた。

「ぎゃあ!? 僕の歯が! ちょ!? 君!?」

「急にか弱い女性の手を握ったので、正当防衛ですわ」

「え、ちょ、な、やめ……ぎゃあああああ!」

沢山《たくさん》の野次馬が集まってくる。

ロザリア先輩は結局、ニコレット先輩に続いて泣き始めてしまった。

しょうもない男を好きになったと、悔やんでいる。

そしてロザリア先輩は涙目で呟《つぶや》く。

「……ニコレット、貴女《あなた》が羨《うらや》ましかったの。私は素直になれなかったから……だから、セイシル様に嫌われて」

「ぐすっ。私、本当はなんでもできるロザリアになりたいなあって……ごめんなさい、嫌味ばかり……ぐすっ。虐《いじ》められてもないのに……」

私は泣いてる二人にハンカチを渡す。

「お二人とも、素敵な女性ですよ」

ニッコリ笑ってそう言うと、彼女たちは頬をぽっと赤らめた。

「……ぐす。ソフィアちゃん……かっくいーね」

「……ふん、後輩のくせに。生意気なっ……ぐす。でも、ありがと」

「……ふふ。あんな男なんて忘れて、共に良き騎士を目指しましょう」


ソフィアの無自覚な笑顔に、周りにいた生徒達は——次々とファンになっていく。

彼女の知らないところで、またもや『ソフィアと人参《にんじん》を愛する会』の会員が増えた。もちろん、その会の存在を教えたのは、ペゴニアたちだ。

この事件をきっかけに、学園の派閥はいつの間にかなくなり、ソフィアがこの国で一番強く美しい女性であると、認知されるようになったそうだ。

◆◆◆

「——ソフィア、またなんかやらかしたのか……？」

ホワイト国にいるアルフレッドはソフィアからの近況が書かれた手紙を読み終えた。

そして、ふっと視線を外に向ける。

窓から見えるのは、アメリがルチータを追いかける姿だ。

「ねー！　お嫁さんにしてくださーい！」

「うん、それは却下だよ」

そんな二人を見たアルフレッドはクスッと笑いながら、もう一度手紙を読む。

その光景が変態王子、いや、この国の王子と小さな女の子の、十年に亘《わた》る駆け引きの始まりだとは思わずに。

小さなレディと王子様の恋物語、それはまた別のお話……

新＊感＊覚　ファンタジー！

Regina レジーナブックス

レジーナブックス Regina

二度目の人生は
ハッピーエンドを掴みます!

嫌われ者の【白豚令嬢】の巻き戻り。二度目の人生は失敗しませんわ！

大福金《だいふくきん》

イラスト：甲羅まる

目が覚めたら白豚令嬢ソフィアに生まれ変わっていた主人公。しかも翌日には処刑される予定だという。だが最期の時を迎えるその時、神様が現れてミスでソフィアの体に魂を入れてしまったと告げられる。そして、ソフィアとして５歳から人生をやり直すことになった彼女は、断罪フラグをへし折り、ざまぁをしながら人生を謳歌するように！　そんな彼女を周囲の人々は溺愛するようになり——？

詳しくは公式サイトにてご確認ください。

https://www.regina-books.com/

携帯サイトはこちらから！

この作品に対する皆様のご意見・ご感想をお待ちしております。
おハガキ・お手紙は以下の宛先にお送りください。
【宛先】
〒150-6008 東京都渋谷区恵比寿4-20-3 恵比寿ｶﾞｰﾃﾞﾝﾌﾟﾚｲｽﾀﾜｰ８F
（株）アルファポリス　書籍感想係

メールフォームでのご意見・ご感想は右のＱＲコードから、
あるいは以下のワードで検索をかけてください。

アルファポリス　書籍の感想　検索

ご感想はこちらから

本書は、「アルファポリス」（https://www.alphapolis.co.jp/）に掲載されていたものを、改稿、加筆のうえ、書籍化したものです。

家族《かぞく》にサヨナラ。皆様《みなさま》ゴキゲンヨウ。

くま

2023年 10月 5日初版発行

編集－黒倉あゆ子
編集長－倉持真理
発行者－梶本雄介
発行所－株式会社アルファポリス
〒150-6008 東京都渋谷区恵比寿4-20-3 恵比寿ｶﾞｰﾃﾞﾝﾌﾟﾚｲｽﾀﾜｰ8F
TEL 03-6277-1601（営業） 03-6277-1602（編集）
URL https://www.alphapolis.co.jp/
発売元－株式会社星雲社（共同出版社・流通責任出版社）
〒112-0005 東京都文京区水道1-3-30
TEL 03-3868-3275
装丁・本文イラスト－天領寺セナ
装丁デザイン－AFTERGLOW
（レーベルフォーマットデザイン—ansyyqdesign）
印刷－図書印刷株式会社

ISBN978-4-434-32206-8 C0093